De Longbourn

à Pemberley

Hiver 1810-1811

Tome 2

M-C Ranger

De Longbourn à Pemberley

Tome 1 *Automne 1810*
Tome 2 *Hiver 1810-1811*
Tome 3 *Printemps 1811*
Tome 4 *Été 1811*
Tome 5 *Automne 1811*

Ceci est une œuvre de fiction basée sur les romans de l'auteure anglaise Jane Austen.
La majorité des personnages, plusieurs événements et un certain nombre de phrases rencontrés dans cette histoire sont issus de l'œuvre de Jane Austen. Quelques personnages ainsi que tous les autres événements proviennent de l'imagination de l'auteure. Il serait donc tout à fait fortuit d'y trouver une quelconque ressemblance avec des personnes ou des événements réels.

« ... puisque tout le monde doit aujourd'hui
"évoluer dans un cercle",
c'est peut-être à la prédominance
de ce mouvement rotatoire
qu'il faut attribuer autant
d'étourdissements et de faux pas... »

(Jane Austen, *Sanditon)*

Hiver 1810-1811

Chapitre I

Où on constate que l'art épistolaire
est sans égal lorsqu'il s'agit
de ne pas dire clairement ce qu'il en est
tout en désirant être clairement compris

C'est lorsque Charles Bingley, bien à regret, dut se rendre à Londres par affaire que ceux qui avaient à cœur ses intérêts se manifestèrent. Ils étaient assis tous les trois dans le petit salon de Netherfield Park; Mr Darcy lisant, les deux sœurs s'ennuyant fermement.

– Mr Darcy, cette chère Georgiana ne vous manque-t-elle pas un peu? Bien que la campagne du Hertfordshire soit très divertissante, ironisa Caroline Bingley, la présence de votre soeur me ferait grand plaisir.

– Oui, bien sûr, j'aimerais être à ses côtés mais cela ne saurait tarder; je lui ai écrit hier, lui apprenant mon prochain retour, répondit-il sans lever les yeux de son *Histoire d'Angleterre*.

– D'autant plus que, lors de notre dernière visite à la fin d'août, elle m'avait semblé bien… mélancolique. J'en avais passé la remarque à Louisa.

Du coup, Darcy leva les yeux vers la jeune femme.

– Que voulez-vous dire, Miss Bingley? questionna-t-il un peu sèchement.

Se pouvait-il qu'elle ait eu vent de la malheureuse aventure de Ramsgate? Non, c'était impossible. Personne, hormis Richard Fitzwilliam, son cousin et co-tuteur de Georgiana, n'était au courant. Quant à cette dernière, blessée comme elle l'avait été, jamais elle ne se serait confiée à Miss Bingley. Celle-ci, voyant l'effet que ses paroles avaient produit sur le maître de Pemberley en resta coite.

– Caroline m'avait simplement souligné une certaine tristesse dans le regard de votre sœur, un quelconque manque d'entrain. À cet âge, les jeunes filles sont de grandes sentimentales et un rien les touche, fit Louisa Hurst, compréhensive. J'espère que cela n'était que passager.

Soulagé à cette idée, Darcy adoucit et le regard et le ton.

– Vous avez raison, Mrs Hurst, ma soeur aurait peut-être aimé un peu plus de compagnie; c'est pourquoi je pense retourner à Londres dans cinq, six jours tout au plus.

Cette remarque permit à Caroline Bingley de glisser subtilement vers ses objectifs : éloigner son frère de Miss Bennet et quitter la région. Il s'agissait d'y aller avec doigté.

– Cinq ou six jours… Rappelez-vous, au dernier dîner à votre résidence, Mr Darcy, seul Charles avait réussi à égayer Georgiana.

– C'est vrai, confirma Louisa Hurst, entrant dans le jeu de sa sœur. Charles est si avenant et il n'a pas son pareil pour rendre les gens heureux!

– Si seulement il était ici, nous pourrions lui en parler et je suis certaine qu'il se ferait un plaisir de divertir Georgiana, ajouta Caroline Bingley. Après tout, Londres n'est pas si loin.

Darcy regarda tour à tour les deux sœurs puis sourit d'un air entendu. Comment n'avait-il pas compris plus tôt!

– Bien sûr, il n'est pas facile de quitter une aussi charmante région où les gens sont si attachants, ajouta Louisa Hurst, mais le bonheur de votre sœur, Mr Darcy, passe avant ce genre de considérations. N'êtes-vous pas de mon avis, Caroline?

– Absolument. Je crois même qu'il est de notre devoir d'aller retrouver Charles et de lui faire part de nos préoccupations. Il ne pourra qu'approuver notre décision de l'avoir rejoint quand il saura que cela fera plaisir à Miss Darcy. Après tout, le Hertfordshire peut bien attendre un peu.

– Il s'y passe si peu de choses qu'à mon avis, nous ne manquerons rien d'intéressant si nous nous absentons un mois ou deux.

– Vous avez raison, Louisa. À moins, Mr Darcy, que quelque intérêt *campagnard* ne vous retienne dans ce coin de pays… si c'est le cas, nous resterons, bien entendu.

Fitzwilliam Darcy qui ne s'était pas immiscé dans l'échange de haute voltige dont il était le principal enjeu n'eut plus le choix de répondre. Toutefois, il ne révéla pas qu'il avait parfaitement saisi les sous-entendus de Caroline Bingley. Au contraire, parce qu'il avait déjà pris sa décision, il dirigea l'attention sur Jane Bennet; ce qui surprit d'autant les deux sœurs.

– Miss Bennet est une charmante jeune femme mais, lors du bal, j'ai pu l'observer plus à loisir et je n'ai pas remarqué chez elle le même empressement que chez votre frère. Peut-être fais-je erreur en analysant ainsi ses sentiments, qu'en est-il selon vous?

– Je crois que vous avez raison. Charles est parfois fantasque. Il se croit éperdument amoureux alors que l'objet de toute son attention, bien que fort agréable, n'obéit, ici, qu'aux manigances de la mère dépourvue de scrupules et prête à tout pour parvenir à ses fins.

« *Dépourvue de scrupules et prête à tout pour parvenir à ses fins* », c'est exactement ce que pensait l'héritier de Pemberley en fixant intensément Miss Bingley.

– Jane est si douce, crut bon d'ajouter Louisa Hurst pour atténuer les propos incisifs de sa soeur, que Mrs

Bennet peut la diriger comme elle l'entend et le pauvre Charles n'y voit que du feu.

– Aussi, enchaîna Caroline Bingley, soulagée de ne plus être sous le regard perçant de leur invité, votre idée de rejoindre cette chère Georgiana nous agrée-t-elle totalement, Mr Darcy.

Ainsi en fut-il fait, Miss Darcy et Charles Bingley n'auraient plus qu'à remercier chaleureusement ce triumvirat pour son honnêteté, sa franchise et la transparence de ses sentiments. C'est, bien entendu, Miss Bingley qui s'avisa d'en avertir la principale intéressée. Voici ce que le papier parfumé et l'élégante écriture de Caroline Bingley révélèrent à l'infortunée Jane Bennet :

... Nous ne regretterons pas grand-chose du Hertfordshire, à part votre société, chère amie. Espérons cependant que l'avenir nous réserve l'occasion de renouer nos si agréables relations et qu'en attendant, nous adoucirons l'amertume de l'éloignement par une correspondance fréquente...

Mr Darcy aurait probablement appuyé, sans trop de réserve, ces quelques lignes. En aurait-il approuvé les suivantes? On ne le saura jamais car il n'en eut pas connaissance étant donné qu'il ne vit jamais la lettre. Laissons l'aînée des Bennet nous en faire lecture... et nous comprendrons pourquoi Caroline Bingley demeura fort discrète sur le contenu et pourquoi les espoirs de la première furent anéantis grâce aux talents épistolaires de la seconde.

... Il est difficile de trouver l'égale de Miss Darcy sous le rapport de la beauté, de l'élégance et de l'éducation; la sympathie que nous avons pour elle,

Louisa et moi, est accrue par l'espérance de la voir un jour devenir notre sœur...

Et un peu plus loin :

...Mon frère admire beaucoup Georgiana...

Et finalement :

...Je ne crois pas être aveuglée par l'affection fraternelle en disant que Charles a tout ce qu'il faut pour se faire aimer...

Elizabeth eut beau s'ingénier à trouver des arguments pour convaincre sa sœur que Charles Bingley l'aimait, celle-ci ne pouvait croire que Miss Bingley, ou toute autre personne, puisse être aussi manipulatrice et lui mentir ainsi.

– Non, Lizzy, pour croire qu'il m'aime, il faut supposer que tout le monde agit mal et cette pensée me rend malheureuse. Au contraire, je n'éprouve nulle honte à reconnaître que je me suis trompée et que j'aurais dû savoir qu'un jeune homme tel que Charles Bingley choisirait une épouse dans un cercle plus élevé que celui dans lequel il a évolué ces dernières semaines.

*****

On ne sera peut-être pas si surpris d'apprendre qu'il n'y avait pas que Jane Bennet qui en venait à cette conclusion, il y avait aussi Fitzwilliam Darcy. Le maître de Pemberley se répétait sans cesse qu'il ne pouvait choisir une épouse que dans un cercle social digne de son rang, ce qui n'était évidemment pas le cas des lieux fréquentés depuis quelque temps. Et pourquoi se répétait-il cela entre deux gorgées de brandy? Parce que, depuis qu'il était revenu à Londres, ses pensées s'obstinaient à demeurer en Hertfordshire à se souvenir de l'effet que font de beaux yeux dans le visage d'une jolie femme. Lui, habitué à déjouer les machinations des mères ambitieuses, à louvoyer entre les charmants pièges tendus par des demoiselles astucieuses, n'avait rien vu venir! Il ne l'avait trouvée qu'acceptable sans plus; elle l'avait toisé hardiment, lui avait refusé une danse – et c'était bien la première fois qu'une jeune femme lui refusait quelque chose – puis s'était amusée à le provoquer, se riant quelque peu de ses réactions. Elle n'avait pu deviner, lorsqu'elle s'était moquée de lui devant Frank Churchill, qu'il l'avait trouvée captivante, piquante certes! mais captivante. Sa vive répartie et le fait qu'elle n'acquiesçait pas à tout ce qu'il disait – comme toutes les Caroline Bingley de sa connaissance – l'avaient impressionné. Depuis qu'il s'était avoué cela, il l'avait observée à toutes les fois qu'il en avait eu l'occasion : au pianoforte, charmant ses auditeurs; avec les plus jeunes, encourageant leurs initiatives; dans son cercle d'amis, écoutant et discutant d'agréable façon. Et malgré les commentaires mordants de Caroline Bingley, depuis qu'il s'était échappé et lui avait révélé sa pensée, rien n'avait pu modifier ses sentiments, pas même les manigances pour éloigner son ami de Netherfield Park. En fait, plus il pensait à Charles Bingley, plus il se sentait mal à l'aise. Mais cela était une autre histoire, du moins tentait-il de s'en convaincre, assis dans sa bibliothèque entre un verre de brandy et l'essai de Thomas Paine sur lequel il aurait bien aimé se concentrer car *La Justice agraire* était un sujet qui le touchait personnellement… Elizabeth Bennet également.

*****

Longbourn, le 10 décembre 1810

Mon cher Cousin,

Votre chaleureuse lettre de remerciements nous est allée droit au cœur, soyez-en persuadé. Le fait que votre bienfaitrice, Lady Catherine de Bourgh, soit satisfaite du choix de votre fiancée me comble de bonheur; rien ne vaut les conseils d'une personne avisée, c'est ce que je dis toujours à Mrs Bennet quand elle sollicite mon avis, bien entendu. J'ai, par le fait même, reçu votre demande de séjour en ce qui a trait aux journées qui précéderont votre mariage et je m'interroge à savoir s'il ne serait pas d'abord souhaitable de recevoir l'assentiment de Sa Grâce afin de ne pas encourir sa désapprobation. Après tout, sous notre toit vivent cinq jeunes filles qui pourraient, malgré elles, perturber la quiétude d'un homme d'Église prêt à prendre femme. Si je puis être de bon conseil, mon Cousin, je vous dirais de risquer tout plutôt que le mécontentement de votre bienfaitrice et, si jamais votre visite à Longbourn devait le provoquer, n'hésitez pas à changer vos plans…

– Mr Bennet! Mr Bennet! s'écria son épouse qui toqua et entra sans attendre qu'on l'y invite tant elle était perturbée. Est-ce vrai ce que nos filles m'ont appris?

– Vos filles vous apprennent tellement de choses, ma chère amie, que je ne saurais vous départager le vrai du faux. Tout dépend de qui vous tenez la nouvelle, lui répondit le maître des lieux, un petit sourire en coin.

Mais Fanny Bennet n'avait pas du tout envie de rire. De toute manière, l'humour particulier de son mari ne l'atteignait pas. Il en était, tout compte fait, bien ainsi; c'est ce qu'aurait pensé toute personne sensée qui aurait eu le privilège de bien connaître les habitants de Longbourn. Elle s'affaissa plus qu'elle ne s'assit sur le premier siège venu et réitéra sa question. La voyant aussi désemparée, Mr Bennet en conclut qu'il s'agissait de la demande de son cousin, laquelle avait été l'objet, la veille, d'une discussion avec ses deux aînées.

– En effet, ce cher Mr Collins aimerait pouvoir résider ici durant les quatre ou cinq jours précédant son mariage.

– Oh! Mr Bennet, je ne veux pas recevoir cet odieux personnage! Pas plus que je ne tiens à voir l'aînée des Lucas! Qu'on ne me parle plus de cet horrible *entail*; je sens que mes nerfs ne le supporteront pas!

– Calmez-vous, ma chère, il ne sert à rien de faire un esclandre. Si cela peut vous rendre votre quiétude, je suis en train de lui répondre et j'ose espérer que certains arguments de ma missive sauront lui faire prendre une autre voie, la rassura son mari.

Puis, ayant fait le tour de son bureau, il invita de façon courtoise son épouse à quitter la bibliothèque afin de pouvoir tranquillement terminer sa lettre.

– Il m'est intolérable de penser que Charlotte Lucas sera un jour la maîtresse de cette maison et qu'il me faudra m'en aller pour lui céder la place, dit-elle d'un ton plaintif en franchissant le seuil de la pièce.

– Chère amie, écartez ces pensées funèbres… et flattons-nous plutôt de l'espoir que je vous survivrai.

Ceci fut dit par un Mr Bennet à l'air impassible qui, profitant de la stupeur de sa tendre moitié, referma doucement la porte derrière elle. Mrs Hill n'eut que le temps de se précipiter, sa maîtresse s'effondrant dans un fauteuil qui se trouvait là de façon fort opportune et poussant un long gémissement. Ce qui était normalement le signal d'un branle-bas somme toute bien réglé, la scène ayant été maintes fois répétée depuis une vingtaine d'années.

Qu'on se rassure, Mrs Bennet n'eut pas à subir la présence de Mr Collins. Celui-ci fut invité à séjourner à

Lucas Lodge où il fit goûter à sa nouvelle famille toutes les affres de sa suffisance et toute l'obséquiosité dont il était capable, ce qui n'était pas peu dire. Pourtant, à bien y penser, il laissa tout de même quelque chose à Longbourn; ce quelque chose, c'est à Mary Bennet qu'il le donna. On doit se rappeler que celle-ci était plus qu'encline à l'écouter et à le questionner. Hélas, bien qu'elle eût attiré son attention à plusieurs reprises, ce ne fut jamais pour la raison tant attendue. Lorsqu'il l'avait vue aussi empressée à suivre ses propos, il s'en était enorgueilli et avait cherché une façon de la remercier pour son admiration, tout en demeurant irréprochable dans son comportement de révérend fraîchement fiancé. Il lui avait offert un petit cahier et un long discours. Loin de l'ennuyer, il avait mis sans le savoir un peu de baume là où il y avait, à n'en pas douter, déception. Voici comment Mary avait réglé, dès la première entrée dans son petit cahier, le sort de ses sentiments et l'avenir de ses actions.

Longbourn, le 30 novembre 1810

Cher journal,

Je tiens en tout premier lieu à me rappeler toute ma vie comment a commencé ce qui, je le souhaite, deviendra une habitude quotidienne au même titre que mes exercices au piano.

Je ne tiens pas à m'étendre sur certains faits arrivés ici, à Longbourn, depuis que notre cousin Mr Collins y est venu pour la première fois. Une jeune femme de presque dix-neuf ans doit être capable d'accepter ce que Dieu a décidé pour elle et même de voir ces faits comme une épreuve à surmonter qui aurait été mise sur le chemin menant à l'accomplissement.

Justement, je crois pouvoir dire que ce journal m'aidera à m'accomplir, d'autant plus que je tiens cette idée de Mr Collins lui-même. Je vois donc cela tout simplement comme un don du Ciel!

Peu avant son départ, ce dernier est venu me voir alors que je terminais ma pratique d'un nocturne de John Field. « Miss Mary, m'a-t-il dit, saviez-vous que mon arrière-grand-tante Jane Collins avait épousé le révérend Samuel Woodforde? » Je ne savais rien de cela, mais j'ai immédiatement montré mon intérêt car il tenait à la main ce petit cahier dans lequel j'écris présentement. Il m'a alors expliqué que ces Woodforde avaient tenu pendant plusieurs générations des journaux intimes et en tenaient encore aujourd'hui. Il m'a donné en exemple le révérend James Woodforde, décédé en 1803, qui en avait tenu un pendant quarante-cinq ans! J'étais impressionnée et curieuse d'en savoir plus; je lui ai donc demandé comment il avait su cela. Il m'a dit qu'il rencontrait de temps en temps la petite-fille de sa parente, Anna Maria Woodforde, qui elle-même tient un journal et qu'il croyait que je pourrais, mature comme je le suis, en faire autant. J'étais flattée – j'espère ne pas faire montre ici de vanité – par son compliment. Il m'a confié, en me tendant le cahier, qu'il était heureux de m'en faire cadeau. Cependant il y mettait une condition : je devais prendre comme guide les Sermons *du révérend Fordyce en ce qui avait trait à la morale car « la vertu d'une jeune femme, a-t-il conclu, est ce qu'elle a de plus important. » Il ne m'a vraiment pas été difficile d'accéder à sa demande.*

Voilà, cher journal, la raison de ton existence. Peut-être serai-je la première d'une longue lignée à raconter mes gestes et mes pensées au quotidien. Je m'y mets sérieusement à partir de demain et je ne doute pas que cela sera édifiant.

*****

Quelques jours avant Noël, Mrs Philips tint une petite soirée amicale où plusieurs jeunes officiers se firent un plaisir d'inviter toutes les demoiselles à danser. Parmi celles-ci, une nouvelle venue, Miss Mary King, en fit chuchoter plusieurs : on disait qu'elle avait hérité de dix mille livres, ce qui la rendit extrêmement jolie… ou fort enlaidie, d'un seul coup! Pendant la veillée, Elizabeth en profita pour présenter George Wickham à sa tante Gardiner, arrivée depuis peu de Londres. Celui-ci avait pris sérieusement du galon depuis le départ de Mr Darcy et ce qu'il avait confié à Elizabeth était maintenant chose connue de tous et de toutes; les secondes y étant particulièrement sensibles. Un pauvre jeune homme qui avait été spolié du bien qui lui revenait et qui ne clamait pas haut et fort ses droits par respect pour la mémoire de son bienfaiteur; on ne pouvait qu'être ému par cette résignation. Et on le fut, au point de l'inviter à tous les dîners, à toutes les soirées. Vraiment! Comment avait-on pu côtoyer un Mr Darcy et négliger un Mr Wickham? On s'empressa donc de remédier à cela. Pourtant, ces indiscrétions étalées sur la place publique en l'absence de l'intimé auraient dû alerter toute personne un peu observatrice, à commencer par Elizabeth Bennet elle-même. Mais Noël arrivant à grands pas, on ne pensa plus qu'à se recevoir et à s'amuser. Après tout, n'y avait-il pas au moins vingt-quatre familles avec qui échanger des invitations à dîner!

Mr Gardiner était un homme intelligent et de bonnes manières, infiniment supérieur à ses sœurs, Mrs

Bennet et Mrs Philips, tant par ses qualités naturelles que par son éducation. Même les dames de Netherfield auraient eu peine à croire qu'un homme, gagnant sa vie dans le commerce, puisse être aussi affable et aussi distingué. Elles auraient été tout aussi surprises de rencontrer Mrs Gardiner. Celle-ci, d'une dizaine d'années plus jeune que Mrs Bennet et mère de quatre jeunes enfants, faisait preuve d'une élégance à tous les niveaux : dans ses manières comme dans ses propos. Les Gardiner avaient fréquemment reçu, en séjour chez eux, les deux aînées qui avaient par le fait même bénéficié d'une atmosphère familiale agréable et de conseils affectueux donnés avec sollicitude; on comprend dès lors que Jane et Elizabeth leur étaient sincèrement attachées et attendaient toujours avec grand plaisir la visite de Londres.

Bien sûr avait eu lieu l'inéluctable discussion entre belles-sœurs. Voici ce qu'autour d'une tasse de thé, l'échange avait donné :

– Je vous le certifie, Madeline, mes nerfs n'ont pu supporter l'attitude de Lizzy. Comment peut-on avoir aussi peu de cœur? Je me sens encore mal rien que d'y penser! Et où avez-vous trouvé cette superbe dentelle?

– Voyons, Fanny, Elizabeth ne pouvait tout de même pas aller contre ses sentiments. Il était question de son avenir après tout. Son but n'était pas de vous contrarier mais…

– C'est ce que vous croyez, l'interrompit Mrs Bennet. Je suis d'un tout autre avis; si vous saviez comment elle s'amuse à analyser les gens et à donner son opinion sur tout un chacun. Elle a dit à Mr Bennet, devant moi, que Mr Collins était ridicule et pompeux… et maintenant qu'il va épouser Charlotte Lucas, je crois que c'est effectivement le cas. Où m'avez-vous dit avoir trouvé cette dentelle?

– Si votre mari a cru bon d'appuyer la décision d'Elizabeth, ne pensez-vous pas, Fanny, qu'il avait quelque raison? reprit Mrs Gardiner, en tentant de suivre le fil décousu de la conversation de sa belle-sœur.
– Peut-être avez-vous raison, il n'en reste pas moins que cette petite Lucas sera maîtresse de tout cela, s'apitoya Mrs Bennet en faisant un geste emphatique de la main. Mais je suis charmée, Madeline, de ce que vous m'avez dit à propos des manches longues… et j'ai cru comprendre qu'on vous avait présenté George Wickham, quel charmant jeune homme!

Oui, Madeline Gardiner avait rencontré George Wickham; sa nièce le lui avait présenté et, apprenant qu'il était du Derbyshire, elle avait pu agréablement échanger avec lui car elle avait passé une partie de sa jeunesse à Lambton, un village qui jouxtait le domaine de Pemberley. Il avait pris la peine de lui décrire minutieusement les lieux et les gens, ce qui avait ravivé chez elle de nombreux souvenirs. Ceci expliquant cela, tout comme Elizabeth, elle avait éprouvé une sympathie grandissante pour ce charmant officier. Puis, laissant la jeunesse s'adonner au plaisir de la danse, elle avait promené son regard sur l'assemblée réunie dans le salon des Philips. Ce qu'elle y avait découvert l'avait laissée songeuse.

– Edward, que pensez-vous de la soirée chez les Philips? demanda Madeline Gardiner à son mari alors qu'elle s'assoyait dans le fauteuil en face de lui.
Ce dernier leva la tête du *Times* qu'il parcourait et sourit à son épouse qui, déjà en robe de nuit, retirait les épingles de ses cheveux.
– Vous voulez dire que je dois m'efforcer de me rappeler les menus détails arrivés dans une assemblée de

quelque vingt-cinq personnes il y a vingt-quatre heures, c'est cela?

– Vous me taquinez, Edward! Et pourtant, oui, j'y tiens, insista-t-elle en lui rendant son sourire.

– Alors aidez-moi, ma chère. Dirigez-moi un peu dans mes recherches sinon je n'y arriverai pas.

– Parlons de ce qui est important, c'est-à-dire de nos nièces, cela vous va-t-il?

– Cela me simplifie, en effet, la tâche. Voyons voir… Lydia était bruyante et très agitée, surtout lorsqu'elle parlait aux jeunes officiers… et Kitty semblait être au même diapason. J'ai cru que ma sœur interviendrait à un certain moment où la tension était montée d'un cran, mais il n'en fut rien. Je vous avoue avoir entendu mon beau-frère, vous connaissez son humour, dire d'une voix assez claire pour être entendu à la ronde qu'il avait engendré deux des filles les plus sottes de toute la région. Voilà, qu'en pensez-vous?

– Oui, cela ne m'avait pas échappé et ce n'est pas la première fois qu'il émet cette opinion, n'est-ce pas? Que pouvez-vous me dire à propos de Mary?

Mr Gardiner réfléchit un moment puis avoua n'avoir rien remarqué de particulier en ce qui avait trait à cette dernière.

– Saviez-vous, Edward, que Charlotte Lucas se marie dans une dizaine de jours?

– Oui, bien sûr, quiconque a discuté avec ma sœur Fanny ne peut pas ne pas savoir cette terrible nouvelle! s'exclama Mr Gardiner d'un ton amusé. Mais quel est le lien entre la future Mrs Collins et notre nièce, Madeline?

– Eh bien, au cours de la soirée, Mary a lancé quelques regards amers vers Charlotte Lucas lorsque celle-ci parlait de son prochain mariage et, comme Elizabeth m'avait confié que sa soeur avait réellement apprécié la visite du révérend Collins cet automne, je me demande si elle n'aurait pas aimé, tout compte fait, être la maîtresse du presbytère d'Hunsford.

– Et par le fait même, la future maîtresse de Longbourn. Vous croyez que Fanny s'est trompée en jetant ce Mr Collins sur les traces de notre Lizzy? s'enquit Mr Gardiner qui trouvait assez amusante l'idée d'une Mrs Bennet mortifiée par son erreur de jugement.

– En effet. Pourtant, je croyais bien connaître votre sœur, Edward. De plus, suite à la conversation que j'ai eue avec elle ce matin, il serait préférable de ne pas lui en toucher mot, cela ne ferait qu'aviver son amertume et rendre la vie d'une de nos nièces un peu plus difficile.

– Justement, en parlant de vie difficile, Jane m'a semblé mélancolique, sans entrain. Elle, d'une humeur si égale et si agréable, est restée assise toute la veillée et ce n'est pas faute d'avoir été invitée. Vous voulez me parler de Jane, c'est cela?

Et Mrs Gardiner raconta, avec toute la délicatesse dont elle était capable, comment leur nièce avait été sensible aux attraits d'un jeune homme aussi aimable qu'attentionné et que celui-ci avait quitté soudainement la région sans intention d'y revenir. Elle n'insista pas sur le fait qu'à la peine de Jane s'ajoutait le fardeau d'entendre, à cœur de jour, Mrs Bennet se plaindre de l'impardonnable abandon du riche Mr Bingley. Mais cela, Edward Gardiner le devinait fort bien; il connaissait sa sœur et la savait redoutable et peu subtile lorsqu'on abordait la question de l'avenir de ses filles.

– Madeline, que diriez-vous d'inviter Jane à venir séjourner à la maison? Nous pourrions la ramener avec nous à Londres… et l'éloigner un temps des jérémiades de Fanny.

– Oui, je crois que c'est une excellente idée, Edward. Je demanderai à Elizabeth de m'aider à convaincre Jane que ce séjour lui ferait le plus grand bien. Je lui dirai aussi que les enfants aimeraient la voir, ce qui est la pure

vérité, et ils sauront l'égayer, croyez-moi, fit-elle en riant.
Mr Gardiner joignit son rire à celui de son épouse en pensant à ses deux petits derniers, drôles et charmants, mais oh combien turbulents!
Mrs Gardiner termina la discussion en parlant d'Elizabeth et de ce jeune officier originaire du Derbyshire, George Wickham, qu'elle lui avait présenté lors de la soirée chez les Philips. Elle rapporta les quelques conseils qu'elle s'était permis de donner à sa nièce, compte tenu des circonstances.

De son côté, Elizabeth, étendue sur son lit, se remémorait justement cette conversation qu'elle avait eue avec sa tante Gardiner. Oui, George Wickham était un charmant jeune homme; ses manières étaient avenantes et les obstacles auxquels il s'était heurté le rendaient encore plus digne de compassion, mais la prudence était de mise. Vraiment? Oui, avait insisté Mrs Gardiner, car on ne pouvait perdre de vue le peu de fortune du jeune officier et de la jeune femme en question. Cet aspect devrait considérablement refroidir ce début d'inclination, du moins c'est ce qu'on espérait. Et pourquoi ne pas accepter cette invitation de son amie Charlotte? avait suggéré sa tante. Qui sait… cet éloignement pour un certain temps pourrait même s'avérer salutaire.
Sa pensée revint vers George Wickham, l'aimait-elle? Certes, elle l'estimait beaucoup, avait du plaisir à le rencontrer, recherchait sa conversation, mais de là à dire que son cœur était pris… Donc, peut-être que tante Madeline avait raison et qu'un petit séjour de quelques semaines dans le Kent lui ferait du bien.

*****

La fin du mois de janvier arrivait déjà. Charlotte, mariée, vivait maintenant au presbytère d'Hunsford, Jane était à Londres chez les Gardiner depuis trois semaines et Netherfield Park était toujours aussi désert. Seul le régiment du colonel Forster mettait un peu de couleur dans le paysage de Meryton et de ses environs.

Elizabeth bifurqua vers le sentier qui menait au mont Oakham, elle espérait faire une longue marche dans cette froide matinée, histoire de replacer quelque peu ses idées. Sa première pensée alla à Jane; sa dernière lettre, bien que se voulant joviale, laissait encore transparaître sa fragilité. Et ce n'était surtout pas le fait qu'elle ait rendu visite à Caroline Bingley et à sa sœur qui allait atténuer sa peine; ces dames lui ayant fait comprendre que leur frère la savait à Londres, mais était fort occupé ailleurs… Pourtant de la tendresse de Charles Bingley pour sa sœur, elle n'avait jamais douté mais elle ne pouvait, sans colère, songer à ce manque de décision qui faisait de lui actuellement le jouet des intrigues des siens et l'amenait à sacrifier son bonheur à leurs préférences. Puis ses pensées glissèrent vers ce qu'elle venait d'apprendre à propos de George Wickham : il était fiancé. Lydia et Kitty, elles, n'en étaient tout simplement pas revenues. Il allait donc bientôt se marier… et son choix s'était fixé sur Mary King, cette jeune femme timide au visage couvert de taches de son. C'était de la haute trahison, pas moins! selon les deux benjamines de la famille. Celles-ci ne semblaient pas comprendre que les dix mille livres dont avait hérité Miss King la rendaient singulièrement attrayante, taches de son comprises. De son côté, Elizabeth avait reçu la nouvelle sans trop de déception et savoir que l'aspect pécuniaire avait pris aussi rapidement le dessus l'avait soulagée quant à l'inclination qu'elle avait cru avoir quelque temps auparavant. Et les regrets à peine voilés de Mr Wickham à son égard, lorsqu'ils se rencontrèrent à nouveau et qu'elle le félicita de ce qui lui arrivait, ne suffirent pas à l'ébranler. Il resterait charmant et fiancé, elle resterait avenante et célibataire.

Elizabeth attaqua la grande côte d'un bon pas, l'air vif l'aidait à réfléchir. Donc, il semblait clair qu'un petit séjour de quelques semaines dans le Kent lui ferait du bien. Après tout, Jane serait encore à Londres entre bonnes mains… Arrivée au sommet, elle s'assit sur une souche qui bordait le sentier et sortit la lettre de Charlotte pour en relire certains passages.

... Vous découvrirez, chère Lizzy, une fort belle région. Vous qui aimez tant la marche, sachez que plusieurs sentiers du domaine de Rosings Park satisferaient les plus exigeants promeneurs…

...Sentez-vous à l'aise d'accepter mon invitation, le presbytère est assez grand et nous avons trois chambres à la disposition des visiteurs. Je peux vous préparer celle qui donne sur les jardins, la vue y est très jolie…

...Mr Collins sera fort occupé entre les charges de sa cure, ses visites à Rosings et l'entretien de son potager, nous devrions donc nous retrouver entre nous la plupart du temps…

Elizabeth, faisant demi-tour, reprit sa marche, songeuse. Cette lettre, pour gentille qu'elle fût, ne ressemblait pas à une lettre de jeune mariée. On n'y lisait ni l'enthousiasme dû à une nouvelle vie ni les éclats attendus d'un bonheur conjugal tout neuf. La discrète Charlotte évitait subtilement ces sujets, néanmoins elle semblait bien installée et heureuse à la pensée qu'on viendrait en mars la visiter.

– Chère amie, je viendrai vous voir à Hunsford, je me promènerai dans les sentiers de Rosings, je supporterai votre Mr Collins et j'affronterai Lady Catherine, cela vous va-t-il? fit-elle en s'adressant à qui était non loin d'elle; c'est-à-dire aux arbres, aux rochers et aux oiseaux. La réponse dut la satisfaire car elle sourit et dévala en courant le sentier menant à Longbourn.

Chapitre II

Où il est plus souvent question
de Miss Augusta Hawkins
que partout ailleurs dans cette histoire

Le mois de février avait apporté une nouvelle qui avait plongé dans la consternation les sujets les plus loyaux de la Couronne; le roi George III venait d'être destitué pour cause de démence. On chuchotait que cette dernière crise avait peut-être été déclenchée par le décès de la princesse Amélie en novembre passé. Quoi qu'il en soit, c'est son fils aîné, au passé assez tumultueux, qui serait prince régent. Si cela avait assombri le début de la Saison, on semblait vaillamment combattre cette tristesse car fusaient de toutes parts invitations et mondanités. Entre deux dîners, un bal et quelques arrêts chez Gray ou chez Wilding & Kent pour d'indispensables achats, Caroline Bingley avait tout de même pris le temps d'écrire à sa sœur. Cette dernière, accompagnée de son mari, avait quitté Londres une dizaine de jours auparavant pour aller séjourner à Norland Park; Mrs Dashwood n'ayant pas oublié l'invitation faite lors du bal de Netherfield.

Louisa Hurst sourit en repliant la lettre qu'elle venait de recevoir. Sa cadette lui racontait que les invitations se succédaient à un rythme si étourdissant qu'elle peinait à répondre aux demandes qui arrivaient de tous les côtés. Par contre, assurait-elle, elle se faisait un devoir, que dire, un plaisir de se rendre avec son frère chez les Darcy où ils avaient été reçus à quelques reprises. Et cette chère Georgiana qui souriait aux amabilités de Charles, qui rougissait de si jolie façon lorsqu'on lui demandait de se mettre au piano; on ne pouvait trouver mieux en matière de jeune femme accomplie!

Et comme on avait vite oublié Miss Bennet qui avait écrit et dont on n'avait malheureusement jamais reçu le pli et qui en avait remis en se présentant un après-midi, à l'improviste! Hélas, ce jour-là précisément, il y avait un thé chez Lady F*** et on était déjà un peu en retard mais on allait, bien sûr, se revoir sous peu. Caroline Bingley avait alors attendu assez longtemps pour que le délai de courtoisie de sa visite soit clairement dépassé et s'était présentée chez les Gardiner. Elle avait jaugé l'ensemble et jugé les moindres détails avec toute la condescendance dont elle était capable pour, au bout d'une vingtaine de minutes, s'excuser : sa grande amie Augusta Hawkins quittait le lendemain pour Bath. On comprenait, il va sans dire, la préséance qu'il fallait accorder à ce départ. Et puis, de toute façon, maintenant que Miss Bennet avait compris que Charles Bingley la savait à Londres mais qu'il était très pris par ses obligations mondaines; la mission n'était-elle pas réussie?!

À peine une heure s'était écoulée que Caroline Bingley, confortablement assise dans le petit boudoir d'une belle demeure de Portman Square, avait alors amusé Miss Grantley, leur hôtesse, ainsi que Miss Hawkins et leurs amies en expliquant la méthode efficace que Mr Darcy – oui, celui de Pemberley en Derbyshire – et elle-même avaient mise au point pour sauver ce cher Charles. Ces dames avaient suivi avec un intérêt non feint le récit de ce sauvetage. Et Mr Darcy? Il allait fort bien, s'était empressée d'ajouter Miss Bingley qui, d'ailleurs, dînerait à la magnifique résidence de Grosvenor Square pas plus tard que le lendemain. Les regards, derrière les tasses de thé, se firent un peu plus envieux et les sourires un peu plus crispés.

– Comment? Vous n'avez pas encore séjourné à Bath! Sachez, ma chère Caroline, qu'on y croise, tous les jours, des jeunes hommes riches, élégants et de bonne famille, lui avait répliqué Augusta Hawkins qui ne voulait pas être en reste.

– Il est vrai, chère Augusta, que Bath sera pour vous un changement agréable… et si peu éloigné de Bristol où vous résidiez, si je ne fais erreur, chez votre oncle négociant, rétorqua Miss Bingley d'un ton faussement chaleureux.

– Plusieurs d'entre nous rejoindront Augusta dans les semaines à venir. Londres, en ce moment, est d'un tel ennui! ajouta Miss Grantley, venant à l'aide de son amie Augusta qui avait pâli sous l'allusion à son passé récent. Ce qu'approuvèrent avec force hochements de tête les autres invitées; le fait que celles-ci se rendent ou non Bath n'était pas de première importance; on l'aura rapidement compris.

*****

Si on pense que ce sujet de conversation était demeuré dans le cercle fermé d'une riche demeure londonienne, on se trompe. Le Sussex en eut également sa part grâce à la collaboration de Mrs Hurst qui en confia les menus détails à son hôtesse.

– Ma chère, les nouvelles que vous me donnez de votre soeur m'amusent beaucoup. Vous savez comme j'ai apprécié croiser les membres de la famille Bennet lors du bal à Netherfield Park.

– Soyez assurée, Fanny, que je vous en parle pour la dernière fois. Nous n'y remettrons plus les pieds et

Charles est pour ainsi dire sauf! Je souhaite qu'il cherche une résidence dans le Kent ou dans le Somerset où Mr Hurst a de la famille.

– Puis-je vous déconseiller le Devonshire, dit en riant Fanny Dashwood.

– Et pourquoi cela?

– Je dois, chère Louisa, vous confesser quelque chose; quelque chose qui s'est passé ici, à Norland Park.

Surprise, Louisa Hurst déposa la théière qu'elle venait de prendre et dévisagea avec curiosité son amie. Le thé pouvait attendre et il attendit.

– Je dois vous avouer que nous avons vécu à peu près la même histoire que vous, il y a quelques mois.

– Que voulez-vous dire? Racontez-moi tout, il en va de notre amitié!

– Eh bien, figurez-vous que, lorsque John est venu prendre possession du domaine au décès de son père, résidaient ici sa belle-mère et ses trois demi-sœurs. Mon époux, ne voulant rien brusquer, a toléré que ces dernières demeurent, pour un certain temps encore, dans ce qui avait été leur maison.

– C'était fort généreux de la part de Mr Dashwood. Mais je ne vois pas le lien avec l'idylle entre Charles et Miss Bennet…

– J'y arrive. Mon frère Edward qui, vous le savez, est l'héritier de la fortune familiale, est venu nous rendre visite et que pensez-vous qu'il est arrivé? Il s'est cru épris de l'aînée des sœurs de John, Elinor Dashwood.

– Mais, Fanny, cette demoiselle Dashwood est une jeune femme de la bonne société, pas une petite provinciale du fond du Hertfordshire!

– Elinor Dashwood ou Jane Bennet, elles avaient toutes les deux avantage à séduire nos frères car elles étaient sans fortune et leur mère respective approuvait, que dis-je, encourageait clairement cette inclination.

– Mrs Mary Dashwood, devenant veuve, a donc dû restreindre considérablement son train de vie, c'est cela?
– En effet. Je peine à croire qu'elle ait pu penser que cette alliance était possible avec l'héritier des Ferrars! Et Edward, tout comme votre frère, s'est laissé enjôler.
Le thé ayant sérieusement refroidi, on fit monter un second plateau sur lequel furent ajoutés quelques *scones*; autant d'émotions creusaient l'appétit, cela était connu.
– Si je comprends bien, Mr Ferrars n'a pas épousé Miss Dashwood, reprit Louisa Hurst qui se délectait autant des *scones* que des rebondissements de l'histoire en cours.
– Vous me connaissez, j'y ai vu. Lorsque j'ai réalisé le sérieux de l'affaire, j'ai clairement averti Mary Dashwood que mon frère était promis à un grand avenir et que ma mère désapprouverait sur l'heure une telle mésalliance.

Bien qu'il fut un jeune homme assez timide, Edward Ferrars avait su, par sa délicatesse, sortir Elinor Dashwood du chagrin qui l'avait envahie depuis le décès de son père. Ils avaient effectué de fréquentes promenades dans les sentiers de Norland Park et avaient appris à se mieux connaître et, faut-il s'en surprendre, à s'apprécier. Puis, soudainement, il fallut quitter pour le Devonshire où un cousin éloigné de Mrs Dashwood leur offrait un petit cottage. On ne pouvait refuser une offre aussi généreuse, on remplit les malles et on partit vers la côte, en y invitant Edward Ferrars – il y serait toujours le bienvenu. Rien de plus ne fut dit et Miss Dashwood s'empressa de cacher sa peine tandis que sa belle-soeur tentait de ne pas rendre trop visible son triomphe.

C'est une Mrs Hurst enthousiaste qui se dépêcha d'écrire à sa sœur pour lui raconter avec force détails l'histoire de cette jeune Elinor Dashwood et du frère de sa grande amie. Elle conclut sa missive en soulignant que, heureusement, certains frères, particulièrement ceux qui étaient fortunés, avaient l'immense chance d'avoir des sœurs au fait du monde et de ses pièges et que, d'ici quelque temps, ils les remercieraient mille fois de leur vigilance. Bien sûr, il restait maintenant à être patientes et à attendre les remerciements de Charles Bingley et d'Edward Ferrars.

*****

Pendant que les premières attendaient la reconnaissance des seconds, Madeline Gardiner qui n'aurait su que faire de telles manigances tentait de tirer sa nièce de ses tristes pensées en lui annonçant la venue de sa sœur Margaret et du colonel Campbell. Ceux-ci, juste avant de quitter la Capitale, s'arrêteraient dans Gracechurch Street pour y visiter les Gardiner et y laisser Miss Fairfax. Cette dernière avait été, toutes ces précédentes années, la compagne fidèle de leur fille unique mais voilà, Miss Campbell, maintenant Mrs Dixon, avait rejoint l'Irlande où l'attendait vraisemblablement sa nouvelle vie.

– Jane résidera ici quelques jours, vous verrez, elle est une jeune femme fort accomplie, quoiqu'un peu réservée. Je pense que vous vous entendrez bien toutes les deux. Ma sœur et son mari, eux, se dirigeront vers la région de Portsmouth où le colonel doit rejoindre le ***e régiment.

– Pourquoi Miss Fairfax ne les accompagne-t-elle pas?

– Bien sûr, Emily l'a invitée, mais Jane ne voulait pas s'immiscer dans la vie du jeune couple à Ballycraig. Elle ne voulait pas non plus être un fardeau pour les Campbell, même si Margaret a tenté de la convaincre que ce n'était pas le cas.

– Pauvre Miss Fairfax, j'espère qu'elle a de la famille quelque part qui l'attend, dit Jane Bennet avec compassion.

– Jane est orpheline, mais il lui reste une tante qui vit dans le Surrey; elle la rejoindra d'ici peu à ce que j'ai cru comprendre.

– J'aurai plaisir à lui tenir compagnie. Quand votre sœur arrive-t-elle?

– Demain, répondit Mrs Gardiner, heureuse de voir une lueur d'intérêt s'allumer dans les yeux de sa nièce.

*****

Les chevaux ralentirent et s'arrêtèrent devant une belle demeure de Brunswick Square. Les deux Jane descendirent de la voiture des Gardiner et s'engagèrent dans l'allée où déjà une porte s'ouvrait pour leur souhaiter la bienvenue. Dès qu'elles s'étaient rencontrées, elles s'étaient plu. Même sourire avenant, même aisance dans les manières, même affabilité envers ceux et celles qui les abordaient et surtout même discrétion en ce qui avait trait à leur vie personnelle. Ainsi, Miss Fairfax ne savait pas que Jane Bennet tentait d'oublier une promesse qu'on ne lui avait jamais faite; pas plus que cette dernière ne se doutait que sa nouvelle amie tentait de camoufler une promesse qu'on lui avait faite. Mrs Knightley qui ne se doutait de rien du tout les accueillit chaleureusement. Miss Fairfax présenta Miss Bennet à leur hôtesse. La rencontre fut fort agréable, les deux jeunes femmes aimant beaucoup les enfants et Isabella Knightley en ayant déjà cinq qui manifestaient leur présence par des exclamations et de joyeux babils. Le calme revint lorsqu'une gouvernante vint chercher les enfants pour le goûter et qu'on offrit le thé aux invitées. Des nouvelles furent échangées. Oui, Emma allait bien et Miss Bates avait hâte de revoir sa chère

Jane. Non, Mr Elton n'était pas revenu de son séjour à Bath. Non, Frank Churchill n'avait pu se rendre à Randalls, sa tante étant très malade. Oui, Mrs Dixon avait quitté pour Dublin avec son mari la semaine passée. Oui, Mr Knightley se rendrait à Donwell Abbey après-demain et, bien sûr, il se ferait un plaisir de conduire Miss Fairfax dans la petite ville voisine. La situation réglée, on put s'informer des nouvelles en provenance du Hertfordshire.

– Ma famille vit près de Meryton où mon père possède un domaine, Longbourn, expliqua Jane Bennet en déposant sa tasse de thé. Mrs Knightley, permettez-moi de revenir sur ce que vous avez dit il y a quelques minutes lorsque vous parliez de Randalls.

– Oui, ce nom ne vous est pas inconnu, c'est cela?

– En effet. J'ai rencontré, lors d'une soirée chez des voisins, Mr et Mrs Weston, des gens tout à fait charmants qui, si je ne me trompe, habitent ce domaine.

– Tout à fait! s'exclama Isabella Knightley. Mr Weston est un grand ami de ma famille, quant à Mrs Weston, elle a été notre gouvernante et notre dame de compagnie de nombreuses années. Quelle coïncidence!

– C'est vrai, Jane, comme c'est surprenant que vous, dans votre coin de pays, ayez fait la connaissance de gens qui nous sont également connus! intervint Miss Fairfax en souriant. Ainsi, nous avons encore plus de liens que nous le pensions.

– Je me demandais également pourquoi vous aviez associé le nom de Mr Churchill au domaine de Randalls, aurait-il un lien avec les Weston? poursuivit Miss Bennet, encouragée par l'intérêt que suscitaient ses questions.

– Figurez-vous que Frank Churchill est le fils de Mr Weston. Sa première femme est décédée lorsque Frank était encore très jeune et c'est sa tante qui s'en est occupée, il porte d'ailleurs le nom de celle-ci. Mais vous saviez tout cela, ma chère Jane, n'est-ce pas? demanda Mrs Knightley en s'adressant à Miss Fairfax qui, un court instant, parut quelque peu mal à l'aise.

– Oui, bien sûr, j'en ai entendu parler à quelques reprises par ma tante; elle connaît tout de la petite histoire des habitants de Highbury et de ses environs.

– Eh bien, je vais vous surprendre, reprit Miss Bennet, j'ai rencontré Mr Churchill il y a quelque temps!

Miss Fairfax s'absorba du coup dans sa tasse de thé pendant que leur hôtesse s'étonnait de ce que le monde était petit, oui vraiment petit! Jane Bennet raconta alors qu'elle avait passé une soirée agréable en compagnie du jeune homme.

– Comment Mr Churchill a-t-il bien pu se retrouver dans le Hertfordshire? demanda en rougissant une Miss Fairfax qui se trouvait fort hardie de poser une telle question… mais qui ne put vraisemblablement s'en empêcher.

– C'est que, commença Miss Bennet, elle aussi rougissante, un… un ami commun nous a présentés. Cet ami le connaissait bien car ils étaient allés au collège ensemble. Il semble que Mr Churchill qui revenait de Weymouth à la fin de l'été ait été invité à séjourner en Hertfordshire.

– Ah bon, et peut-on savoir qui est cet ami? Peut-être, après toutes ces coïncidences, fait-il partie de nos connaissances? suggéra Isabella Knightley, amusée par tout cela.

La réponse arriva un peu confuse, il s'agissait d'un certain Mr Bingley… Charles Bingley. Mais bien entendu, personne n'avait entendu parler de lui, avait conclu Jane Bennet, soudainement heureuse que la visite prenne fin, permettant aux questions d'en faire autant.

C'est ainsi que Jane Fairfax quitta Gracechurch Street le mercredi suivant. Elle eut des mots fort affectueux pour Mrs Gardiner et pour sa nouvelle amie, Miss Bennet. Pendant que la voiture la menait chez les Knightley, la jeune femme regardait défiler les passants, l'air songeur… Ainsi, il était allé chez un ami après avoir quitté Weymouth et voilà qu'on l'avait trouvé charmant. Puis, elle secoua la tête, tentant de chasser cette pensée. Elle allait séjourner chez sa tante et sa grand-mère, elle allait renouer avec le petit monde de Highbury. Que Randalls fut tout à côté n'était vraiment qu'une coïncidence.

*****

Anne Elliot avait, elle aussi, été fort songeuse quand elle était allée à Lyme Regis avec sa sœur, les Musgrove et le capitaine Wentworth. Elle ne pouvait s'empêcher de voir l'attachement grandissant de Louisa Musgrove pour ce dernier et cela la déchirait, la ramenait quelques années en arrière. Comment avait-elle pu perdre sa chance d'aimer et d'être aimée? Elle s'était rendue aux arguments de Lady Russell : le rang, la fortune et… Il était trop tard, elle le savait, alors pourquoi avait-elle accepté l'invitation? Elle aurait dû rester à Uppercross pour s'occuper de ses neveux, mais Mary avait insisté et elle avait cédé. Céder, n'était-ce pas l'histoire de sa vie… Puis tout s'était précipité; cela elle l'avait raconté à Elizabeth Bennet dans sa dernière lettre. La chute de Louisa sur la grande jetée de pierre, sa perte de conscience qui avait duré plusieurs jours.

– Mon Dieu, quel terrible accident! Et sait-on comment cette jeune Louisa Musgrove va à l'heure qu'il est? demanda Mrs Bennet qui ne put s'empêcher de penser que cela aurait pu être l'une de ses propres filles, son impétueuse Lydia, par exemple; elle en eut des frissons.

– Rassurez-vous, Mère, lui répondit Elizabeth qui terminait de lire un extrait de la lettre qu'elle tenait à la main, Louisa Musgrove est présentement en convalescence toutefois Anne Elliot ajoute que c'est une question de temps car cela sera long avant qu'elle retrouve toutes ses facultés. Heureusement, elle a été bien soignée à Lyme et il semble qu'elle pourra retourner chez elle d'ici quelque temps.

– Quelle histoire! Et votre amie a semblé bien bouleversée… Il est vrai qu'elle a été témoin de la chute. Je crois que mes nerfs ne l'auraient pas supporté. Le fait d'y penser me donne des vertiges. Hill! Qu'on envoie chercher mes sels, je crains de peut-être me trouver mal…

– Voyons, Maman, l'interrompit sa cadette, cela se termine tout de même assez bien, non?

– Lizzy, on voit bien que vous n'êtes pas encore mère, que vous n'avez pas des filles à marier!

– Que vient faire le mariage dans l'accident de Louisa Musgrove?

– Quel homme voudra épouser une jeune femme ayant subi une telle blessure, je vous le demande? Je plains sérieusement Mrs Musgrove. D'ailleurs, Lizzy, je pense vous interdire formellement vos longues promenades; il peut vous arriver un accident n'importe quand dans un sentier plein de cailloux et personne ne sera là pour vous sauver.

– Mère, fit Elizabeth, choisissant de se moquer des craintes de Mrs Bennet, vous l'avez dit vous-même, personne ne voudra m'épouser car je suis trop franche et…

– Et trop indépendante et trop têtue!

– Alors, oubliez vos craintes. Ne vous faites pas de souci pour moi. De toute façon, Mr Collins m'avait prévenue que je n'étais nullement assurée de recevoir une autre demande en mariage.

– Demande en mariage, demande en mariage… De grâce, Lizzy, ne ramenez pas à mon souvenir le pénible fait que tout ici appartiendra à votre amie Charlotte Lucas, se plaignit Mrs Bennet, tout en prenant les sels qu'une jeune servante lui tendait.
Elizabeth en profita pour s'esquiver discrètement, laissant sa mère aux bons soins de Mrs Hill et, bien sûr, elle partit vers le mont Oakham, seule, dans les sentiers pleins de cailloux.

*****

– Demande en mariage?!
Caroline Bingley, assise dans le salon de musique de la demeure londonienne de son beau-frère, lisait, d'un ton mi-figue mi-raisin, la lettre de son amie Augusta Hawkins à sa sœur, récemment revenue de son séjour en Sussex.
– Cela fait à peine cinq ou six semaines que nous nous sommes vues, ici, à Londres. Eh bien, elle est fiancée! Oui, fiancée, et en si peu de temps! À Bath, en plus! Comme si elle avait voulu me prouver qu'elle avait plus raison que moi!
– De fait, elle a une longueur d'avance sur vous. Cela, Caroline, vous ne pouvez le nier! dit en souriant son aînée.
– Louisa, ne me dites pas que vous prenez pour cette prétentieuse. Elle aurait voulu me ridiculiser qu'elle n'aurait pas fait mieux!
– Voyons, Caroline, calmez-vous. Ce n'est pas une course au mariage que je sache. Dites-moi donc plutôt qui est l'heureux élu à qui iront les dix mille livres? l'interrogea sa sœur en quittant son banc de piano pour un fauteuil plus confortable; le sujet valant, semble-t-il, le déplacement.

– Elle se rit de moi, figurez-vous qu'elle termine sa lettre en m'écrivant qu'il est avenant, séduisant, qu'il a fait sa demande avec éclat, que le mariage aura lieu au printemps et qu'il se nomme Mr E.

– Mr E.?

– Oui, elle ne me révèle même pas son nom. Mr E., c'est d'un ridicule! Oh! Ellc ajoute qu'il est pasteur.

– Alors, réjouissez-vous! S'il est pasteur, n'ayez crainte, vous n'êtes absolument pas en compétition avec elle. Un pasteur, mais à quoi Miss Hawkins a-t-elle pu penser en acceptant une telle alliance? fit en riant Louisa Hurst.

En effet, qui oserait prétendre que le choix d'un pasteur comme époux supplantait le choix d'un gentleman possédant domaine et attelage? Sûrement pas Miss Bingley. Et qu'en aurait pensé Elizabeth Bennet qui, du fond de son Hertfordshire natal, en avait récemment fait l'expérience?

*****

Justement en Hertfordshire, à Longbourn, la plus jeune des Bennet qui prétendait que rien ne valait un homme en uniforme criait haut et fort sa déception.

– Je te jure, Kitty, que la robe que je portais hier était plus jolie que celle de Miss King. Comment peut-on porter des vêtements bleu clair et avoir une chevelure rousse, dis-moi?! Comment se fait-il que ce cher Wickham ne voie pas cela?

Ainsi se lamentait Lydia devant la glace de sa chambre en essayant un chapeau auquel elle avait ajouté un ruban rose du plus bel effet. À quoi bon puisque Miss King, sans ruban rose, avait plus de succès qu'elle! Sa sœur, assise sur le lit, terminait de lire la lettre qu'elle avait reçue à l'heure du thé.

– Lydia, si tu cesses tes jérémiades, je pourrai te donner des nouvelles de Catherine. Tu te rappelles, elle nous avait confié qu'elle irait à Bath; eh bien, elle y séjourne depuis le début de mars avec Mr et Mrs Allen.

– Bath! Comme j'aimerais y aller! Catherine a bien de la chance, va! Et nous, nous sommes reléguées dans notre campagne où il se passe vraiment peu de choses.

– Ne sois donc pas envieuse. Écoute plutôt ce qu'elle m'écrit, cela va t'intéresser car il y est question de Miss Thorpe et d'une Miss Hawkins.

– Isabella Thorpe?! Comment cela? s'écria la benjamine en sautant sur le lit pour rejoindre sa sœur et en oubliant, pendant quelques instants, de se plaindre de tout et de rien.

– Catherine dit qu'elle a eu la surprise de voir son frère James arriver à Bath, il y a retrouvé John Thorpe et sa sœur. Elle se rappelait que nous lui avions parlé de cette dernière et a aussitôt voulu la connaître. En fait, elles sont devenues des amies et se voient régulièrement.

– Ah! Kitty, je voudrais tant être à Bath et fréquenter Miss Thorpe! Je suis certaine que nous nous entendrions très bien. Catherine est vraiment chanceuse! A-t-elle fait d'autres rencontres intéressantes?

– Elle sort souvent et rencontre, dans les bals et dans les concerts, beaucoup de jeunes gens. Un, entre autres, se révèle charmant, elle ajoute qu'elle a fait sa connaissance lors d'une situation assez inusitée où il semble que le jeune homme en question ait démontré une compétence certaine en matière de mousseline…!

– Je veux aller à Bath, moi aussi! Et parler mousseline et danser et fréquenter Miss Thorpe et tout ce beau monde! se lamenta Lydia en s'étalant de tout son long sur le lit. Longbourn, quel ennui!

– Écoute, elle termine en racontant qu'elle a été témoin d'une demande en mariage! la coupa Kitty en tournant la lettre pour déchiffrer le verso.

– Un mariage! Pas le sien tout de même?! Je veux être la première de nous toutes à me marier. Cela serait très amusant car c'est moi la plus jeune!

– Lydia, laisse-moi finir. Voilà, il semble que ce soit un élégant jeune homme, pasteur de son état. Il vit dans le Surrey et est venu séjourner à Bath au début de janvier pour quelques semaines.

– Un pasteur, bof... cela ne vaut pas un militaire en uniforme, si tu veux mon avis.

L'avis de Lydia ne fut nullement requis pour que ce jeune homme, envers qui plusieurs demoiselles avaient ressenti une certaine inclination, fasse un choix éclairé. En effet, l'heureuse élue était l'une des demoiselles Hawkins; pour être plus précis, la seconde de trois filles. La première, Selina, avait convolé en justes noces il y avait un peu plus d'un an avec Mr Suckling, riche propriétaire de Maple Grove. Et voilà que la seconde, Augusta, venait de trouver l'amour alors qu'elle prenait les eaux. On avait bien remarqué la présence assidue du jeune pasteur auprès des demoiselles Hawkins et de leurs amies. Par contre, on n'aurait pu dire laquelle, du moins au début, semblait l'objet de ses attentions constantes. Comme feu leur père avait bien fait les choses, les sœurs Hawkins se trouvaient pourvues d'une dot de dix mille livres chacune. C'était indiscutablement un argument de poids quand il s'agissait d'évaluer la qualité d'un hyménée, ce dont ne se priva pas notre séduisant pasteur... et comme Miss Augusta était la plus jolie, on comprit rapidement que ce dernier avait tout simplement lié l'utile à l'agréable. Tout se dénoua lors d'un après-midi, près de la fontaine dans la grande salle, sous les regards plus ou moins discrets – fort peu discrets à bien y penser – de la bonne société de Bath, heureuse de tromper son ennui.

*****

Arrivée depuis peu à Bath, Anne Elliot avait dû se plier aux exigences de son père et de sa sœur et paraître à différents endroits où il était de bon goût d'être vu. La promenade devant le Royal Crescent de John Wood le Jeune lui plaisait, mais déambuler sur Milsom Street presque quotidiennement et y prendre le thé en compagnie de Lady T*** ou de Sir C***, cela commençait déjà à l'ennuyer. C'est parce qu'elle avait refusé d'aller rendre visite à la Vicomtesse douairière Dalrymple et à Miss Carteret qu'Anne Elliot s'était retrouvée l'objet de la colère de son père. Rien ne pouvait passer outre à la famille, surtout si elle était de haut lignage; il y avait des devoirs qui ne pouvaient s'omettre et elle aurait dû le savoir. N'en déplaise à Sir Walter, elle s'était rendue chez Mrs Smith, une ancienne compagne de pensionnat. C'est à son retour qu'elle avait entendu des bribes de conversation entre sa sœur et Mrs Clay. Il semblait bien qu'une certaine demoiselle venait, presque sous leurs yeux, d'accepter de lier sa destinée à un jeune homme qui fréquentait les lieux depuis quelques semaines. Quelle histoire aurait à écrire Elizabeth Elliot à son amie Caroline Bingley! Hélas, qu'on imagine la déception de Miss Elliot lorsqu'elle sut un peu plus tard que la nouvelle fiancée, elle-même amie de Miss Bingley, s'était chargée de la tâche avec un grand empressement; ce qu'on ne peut tout de même pas lui reprocher, étant après tout la principale intéressée. De son côté, Anne Elliot, interloquée, s'interrogeait : comment pouvait-on trouver le bonheur à Bath, entre deux concerts et une soirée de cartes chez les M***? Non, jamais cela ne lui arriverait, elle en était convaincue.

C'est ce qu'elle écrivait à Elizabeth Bennet qui sourit doucement en lisant ces mots, elle reconnaissait bien les inquiétudes de son amie Anne et aussi son attitude réservée. Le fait divers que constituait cette demande en mariage dans un lieu public avait dû heurter la sensibilité de la jeune femme alors qu'elle avait sûrement flatté cette héritière et ses dix mille livres. Quelle demoiselle ne rêvait pas de se voir courtisée par un jeune homme que convoitaient ses amies? Et Elizabeth avait aussitôt pensé à Caroline Bingley… Augusta Hawkins aussi.

Il y eut jusqu'à Sir Lucas qui entendit parler de ce mariage car son vieil ami, Mr Weston, lui en toucha quelques mots dans une de ses lettres. Il remarquait simplement que le jeune pasteur de son village était allé jusqu'à Bath pour trouver le bonheur conjugal alors que lui n'avait eu qu'à se rendre chez son voisin pour y trouver le même avantage! Mais comme il ne fut mentionné aucun nom, Sir William ne sut jamais que ce dont parla Elizabeth Bennet, lors d'un dîner chez les Long, était en fait la même histoire que la sienne. On pourrait tout de même admettre que le monde semblait plus petit qu'il n'y paraissait, même si aucun des invités, ce soir-là, n'aurait pu le constater.

Chapitre III

Où on apprend avec soulagement
que toute vraie jeune femme accomplie
sait faire preuve de retenue

Bien que cette soirée de mars fût assez fraîche, cela n'empêcha pas Mrs Jennings, récemment revenue du Devonshire où elle avait passé une partie de l'hiver avec son gendre et sa fille, d'inviter Miss Dashwood et sa soeur, Miss Marianne, au concert où on y entendrait la grande soprano italienne Angelica Catalani. Toutes trois réussirent à se frayer un chemin à travers la foule de spectateurs et à se diriger vers leurs fauteuils.

– Toutes mes excuses, mademoiselle! s'exclama Mrs Jennings en se tournant vers une jolie jeune femme qui venait de s'asseoir tout près d'elle. Vous êtes, si je ne me trompe, l'aînée de Thomas Bennet. Vous êtes Jane, n'est-ce pas?

– En effet, répondit en rougissant une Miss Bennet, un peu confuse qu'on l'apostrophe avec autant d'impétuosité en public. Il me semble, moi aussi, vous avoir déjà rencontrée.

– Bien sûr! Je suis une cousine par alliance de votre père. Je me rappelle, avec mon cher mari, m'être rendue à Longbourn. Vous deviez avoir environ sept ans et vous jouiez avec votre petite sœur qui n'en avait pas plus de cinq.

– Oui, c'est un vague souvenir. J'étais avec Elizabeth et ce sont vos deux filles qui nous avaient lu des histoires…

– Tout à fait. Que le temps passe vite! Toutes deux ont quitté la maison et sont mariées. Lady Middleton, mon aînée, a déjà quatre enfants et ma cadette, Charlotte, attend pour très bientôt du nouveau, fit en riant Mrs Jennings.

Mr Gardiner et son épouse s'étant approchés, on put faire les présentations. Jane Bennet fit alors la connaissance des deux sœurs Dashwood, du Devonshire, invitées à passer quelques semaines à Londres chez Mrs Jennings. La jeune femme constata que, si Miss Marianne montrait un grand intérêt pour la musique et le chant, elle semblait quelque peu agitée et distraite lorsqu'il y eut l'entracte et que les conversations reprirent. Heureusement, l'aînée, Elinor Dashwood, plus calme et posée, fit bonne impression grâce à ses manières avenantes. Cependant, le défi était de glisser une question ou d'esquisser une réponse au bon moment car la voix de Mrs Jennings dominait largement, on aurait dit qu'elle connaissait tout le monde et que tout méritait un commentaire de sa part; ce qui fit sourire plusieurs fois Madeline Gardiner. Son époux, lors d'une certaine accalmie, discrètement lui demanda ce qui l'amusait.

– Edward, Mrs Jennings me fait penser à votre soeur Fanny. N'est-ce pas votre avis?

– Vous avez raison, ma chère, fit Mr Gardiner en levant les yeux au ciel. Toutefois, puis-je vous faire remarquer le plaisir que prend notre nièce à être ici ce soir. Elle a vraiment apprécié cette première partie du concert, elle vient de me remercier de l'y avoir amenée. Et la voilà qui discute amicalement avec Miss Dashwood.

– Cela me rassure car, depuis le départ de Jane Fairfax, elle semble plus souvent nostalgique bien qu'elle ait essayé de ne rien en laisser voir, vous la connaissez, Edward.

– Madeline, puisque ces jeunes personnes paraissent si bien s'entendre, arrangeons-nous pour qu'elles puissent se revoir; cela ferait sûrement du bien à notre Jane.
C'est ainsi que l'idée fut adoptée et qu'une invitation pour le surlendemain fut lancée et acceptée avec joie. Les jeunes femmes se retrouveraient chez Mrs Jennings, elles se dirigeraient d'abord vers Bond Street où elles pourraient jeter un œil sur les différentes vitrines, elles feraient de même dans Oxford Street. Lorsqu'elles seraient rassasiées de tout cela, elles se rendraient à Kensington Gardens.

*****

– Je vous jure, Louisa, que je viens de voir passer Jane Bennet, ici même dans Oxford Street, elle marchait auprès d'une jeune femme et leur conversation semblait fort intime.
– Voyons, Caroline, vous devez faire erreur. Je suis certaine que Miss Bennet est retournée dans son coin de pays et que tout cela est bel et bien terminé. Bon, je prendrai celui-ci, mais ajoutez une plume plus longue à gauche du nœud, précisa Mrs Hurst en se tournant vers la modiste.
– Non, je suis certaine de ne pas m'être trompée. Heureusement, Charles est à son club, et Boodle's n'est pas tout près. Il devrait passer chez Mr Darcy par la suite.
– Il s'agit de ne pas en parler et personne ne le saura, fit l'aînée d'un ton entendu. Oui, mettez également celui-là de côté… En fait, j'hésite encore. Qu'en pensez-vous, Caroline?
La vendeuse suggéra un ruban céladon qui donnerait un petit air pimpant au chapeau que Mrs Hurst essayait. D'un revers de la main, Miss Bingley lui fit comprendre que son opinion n'avait pas été sollicitée. Intimidée, elle

s’inclina et s’affaira à ranger tout ce que ses deux clientes avaient déplacé.

– Non, Louisa, cela ne vous va pas. C’est trop, comment dirais-je, « campagne ». Vous semblez sortir tout droit du Hertfordshire! s’exclama sa cadette malicieusement.

Toutes deux éclatèrent du même rire condescendant… jusqu’à ce que la clochette de la porte tinte, annonçant une nouvelle cliente. Et quelle ne fut pas leur surprise de voir entrer Georgiana Darcy!... accompagnée de Mrs Annesley.

– Miss Darcy, fit la modiste en s’avançant, je vous…

Elle n’eut pas le loisir de terminer sa phrase que Caroline Bingley s’interposait et accaparait toute l’attention de la jeune fille.

– Miss Darcy, quel plaisir! Venez-vous chercher quelque élégant chapeau en vue de notre sortie à l’opéra la semaine prochaine? Nous avons tellement hâte de vous y accompagner.

– Tout le plaisir est pour moi. En fait, la réponse est oui et non, j’étais allée rendre visite à une amie et, en passant devant la boutique, Mrs Annesley m’a rappelé qu’il me manquait un petit quelque chose pour compléter ma tenue de dimanche prochain, expliqua Georgiana Darcy en adressant un sourire à sa dame de compagnie.

– Mrs Annesley, quelle gentillesse! Je suis certaine que votre aide est très appréciée par notre jeune amie, s’empressa d’ajouter Louisa Hurst, consciente du manque de civilité de sa sœur.

Helena Annesley répondit calmement qu’il était tout naturel d’aider Miss Darcy et qu’il lui était agréable de rencontrer ces dames qui seraient bientôt les invitées de Mr Darcy.

Caroline Bingley connaissait trop bien les règles de la bienséance pour ne pas s'apercevoir qu'on lui donnait, fort gentiment, une leçon de politesse.

– Le monde est petit, vous voilà et nous venons juste de voir Miss Bennet qui…

– Louisa, n'importunons pas notre amie avec nos petites conversations domestiques, la coupa vivement sa sœur.

Mrs Hurst prit alors conscience de son faux pas et tenta de rectifier la situation, mais la jeune fille ne lui en laissa guère le temps car ce nom avait éveillé en elle une certaine curiosité.

– Miss Bennet? Voulez-vous dire Miss Jane Bennet? demanda-t-elle timidement.

Fort étonnées, les deux sœurs se regardèrent puis Caroline Bingley, jouant le tout pour le tout, répondit d'un ton qui se voulait neutre : « Chère Georgiana, il me semble peu vraisemblable que vous connaissiez cette jeune femme qui vit en Hertfordshire. »

– Vous avez raison, Miss Bingley. Mais votre frère a mentionné son nom la dernière fois que nous nous sommes vus.

– Si le nom de Miss Bennet s'est retrouvé dans une de nos conversations, sachez que cela devait être par hasard car nous ne fréquentons plus cette famille depuis un certain temps, fit Mrs Hurst, d'un ton qui se voulait détaché.

– En effet, cela n'était qu'une fréquentation de circonstance lorsque nous étions de passage à Netherfield Park, ajouta sa sœur pour bien montrer le peu d'intérêt qu'elle portait à ce sujet.

– Pourtant, Mr Bingley m'a dit qu'il éprouvait une grande admiration pour cette jeune femme, reprit Miss Darcy, tenace malgré sa timidité. Il semble même qu'elle soit un ange! Je ne savais pas votre frère aussi romantique. Son aveu m'a touchée.

Caroline Bingley jeta un regard furibond à sa sœur; voilà où une indiscrétion pouvait mener, là où on ne voulait pas aller.

– Je ne peux m'empêcher de faire le lien avec une autre jeune femme : Miss Elizabeth Bennet, reprit Georgiana Darcy.

Médusées, ses compagnes la dévisagèrent sans parler, même Miss Pratt qui évidemment ne saisissait rien à rien sentit la tension monter dans sa boutique. C'est Mrs Annesley qui, mesurant sans la comprendre la délicatesse du sujet, se permit un commentaire.

– Miss Darcy, peut-être devriez-vous informer ces dames que vous n'avez jamais rencontré la demoiselle en question, vous la connaissez simplement de nom.

– Vous avez raison, Mrs Annesley, lui répondit-elle avec une certaine gêne, comprenant tout à coup ce qu'il y avait d'inconvenant dans la conversation.

Elle ne put s'empêcher toutefois, pour clore le sujet, d'ajouter : « C'est vrai, je ne sais que le nom de cette jeune femme… cependant il m'a intriguée car Fitzwilliam l'a mentionné à quelques reprises dans sa correspondance, mais sans doute est-ce sans importance. »

Caroline Bingley, devinant la portée de ce commentaire, en conçut un réel dépit qui lui fit perdre contenance; ce qui laissa le temps à Miss Pratt de s'avancer et d'offrir ses services à Miss Darcy. Celle-ci rougit, peu habituée d'être l'objet de tant d'attention. À ce moment précis, Mrs Hurst se coiffa du chapeau qu'elle tenait toujours à la main et tenta d'alléger l'atmosphère en demandant d'un ton amusé ce qu'on en pensait. Toutes les têtes se tournèrent vers la glace devant laquelle elle se tenait.

– Ma chère Georgiana, au moment de votre entrée, Louisa et moi nous demandions si cela lui allait, qu'en pensez-vous? Votre opinion nous éviterait une longue discussion car je vous ai toujours vue vêtue avec

beaucoup de goût, fit une Caroline Bingley faisant fi de sa déconvenue.
– Vraiment, je… je ne pense pas être capable de…
– Voyons, chère amie, je vous crois capable de donner un avis très intéressant et nous le respecterons, il va sans dire, l'encouragea Louisa Hurst.
Un peu confuse, la jeune fille hésita quelqucs instants. Puis voyant ce que tenait la modiste, elle se détendit et sourit.
– Je crois, Mrs Hurst, que ce chapeau vous va bien, mais il me semble qu'un ruban, comme celui que Miss Pratt tient entre ses mains, lui donnerait un petit air printanier qui n'est pas à dédaigner.
– Quelle bonne idée! Vraiment, Louisa, nous aurions dû y penser. Le vert céladon vous va à merveille! Il manquait une petite touche colorée; c'est ce que je m'évertuais à faire comprendre à Miss Pratt! s'exclama une Miss Bingley, meilleure actrice qu'on pouvait le croire.
Car après tout, il ne fallait pas perdre de vue les vrais intérêts en jeu, n'est-ce pas? C'est ce qu'en déduisit Mrs Annesley qui, derrière son sourire poli, n'en pensa pas moins qu'il serait grandement préférable que Miss Bingley fréquente un autre salon que celui des Darcy.

*****

En ce doux dimanche de mars, le vent glissait entre les branches des grands ormes et l'allée où elles marchaient était encore ensoleillée. Après la promiscuité des rues plus commerciales, c'était un plaisir de longer la Serpentine et Elinor Dashwood se disait que sa soeur Marianne aurait été heureuse de profiter de cette promenade… mais non, celle-ci avait refusé de les accompagner. Par contre, Mrs Jennings avait suggéré de les rejoindre à Kensington. Sur son chemin, cette dernière avait croisé une Miss Steele très désireuse de se joindre aux charmantes jeunes femmes qui marchaient une centaine de pas plus loin. Comme rendre heureux le plus de jeunes gens possible était une grande satisfaction pour elle, Mrs Jennings avait donc invité la jeune femme à l'accompagner. Elles s'étaient alors toutes deux lancées à l'assaut des promeneuses. Ne sachant pas le bonheur qui l'attendait dans quelques minutes, Jane Bennet appréciait le doux soleil de mi-mars et eut une pensée furtive pour Elizabeth qui, bientôt, irait marcher dans les sentiers du Kent, chez Charlotte Lucas, non Charlotte Collins, comment l'oublier… Puis ses pensées revinrent vers Miss Dashwood qui lui avouait être bien heureuse d'avoir fait sa connaissance.

– Savez-vous, Jane, que ce séjour à Londres ne m'enchantait guère et qu'il a fallu que ma mère insiste pour que j'accepte l'invitation de Mrs Jennings. Voilà que nous nous rencontrons et devenons amies, cela améliore la situation, croyez-moi!

– Merci Elinor, mais Mrs Jennings connaissant beaucoup de monde, vous allez fréquenter bien plus de gens que je serai amenée à en rencontrer. Vous vous ferez donc plusieurs amies.

– Je suis plutôt réservée et il m'arrive de me sentir très éloignée des jeunes gens qu'on me présente. Je sais que bientôt nous irons au bal, un des plus courus de la Saison. L'invitation nous est parvenue cette semaine. Marianne espère y rencontrer quelqu'un qui lui est cher; moi, je préfèrerais ne pas y aller.

– Voyons, Elinor, cela vous permettra de vous divertir. J'ai remarqué que vous êtes parfois mélancolique, il ne faut pas vous laisser submerger par cette peine qui semble vous habiter.

– À qui le dites-vous, chère Jane? Je ne crois pas être la seule à souffrir en silence, vous croyez que je n'ai rien remarqué? Oh! Je ne vous demande pas de m'en parler, mais à tout le moins comprenez-vous pourquoi nous nous sommes instinctivement rapprochées.

– Il est vrai, ajouta pensivement Jane Bennet, que cela m'a rapprochée de vous. Nous ne nous raconterons pas, du moins dans cette première sortie, nos déceptions mutuelles; notre éducation et…

– …notre réputation de jeunes femmes accomplies pourrait sérieusement en souffrir, compléta Elinor Dashwood, un sourire démentant son ton affecté.

Toutes deux eurent à peine le temps d'échanger un regard complice que Miss Steele arrivait à leur hauteur, un sourire mielleux sur les lèvres et une Mrs Jennings essoufflée sur les talons.

****

Si on croit que seules les jeunes femmes savent tirer leur épingle du jeu en matière de sujets délicats, on se trompe. Il suffit de suivre le colonel Fitzwilliam montant quatre à quatre les marches de l'une des élégantes demeures de Grosvenor Square où il fut rapidement introduit puis dirigé vers la bibliothèque, lieu préféré du maître de la maison.

– Richard, quelle bonne surprise! Je ne croyais pas te voir avant demain, s'exclama Fitzwilliam Darcy, se levant pour serrer chaleureusement la main de son cousin.

– Tout va bien, nous sommes rentrés un peu plus tôt que prévu et, pour tout dire, j'avais hâte de savourer un bon brandy en bonne compagnie. Bien sûr, je suis d'abord passé à la maison. Tu as les salutations du Paternel et Mère s'inquiète de ne pas te voir un peu plus… Je lui ai dit que tu devais sûrement soigner une peine d'amour, c'est pour cela que tu te cachais! dit en éclatant de rire le colonel.

– Richard, quand cesseras-tu de dire des sottises? fit Darcy, d'un air mi-figue mi-raisin.

– Fitz, un peu d'humour, s'il vous plaît. C'est justement parce que cela est impossible dans ton cas que j'ai dit cela à Mère; d'ailleurs, elle ne m'a pas cru un seul instant.

Darcy lui tendit le verre qu'il venait de remplir et s'empressa de changer de sujet. Si Richard Fitzwilliam avait réalisé qu'il venait de faire mouche, alors il ne l'aurait plus lâché, et qui connaissait son cousin ne pouvait en douter.

– Tu sauras que j'étais, pas plus tard qu'hier, à la Société des Antiquaires. J'ai discuté un bon moment avec son président.

– Et de quoi avez-vous parlé, Lord Leicester et toi? s'enquit le colonel d'un ton poli; les vestiges du passé n'étant pas le premier de ses intérêts.

Fitzwilliam Darcy se lança dans une explication où il était question d'Arbor Low, ce cercle de grands blocs calcaires sis dans la région de White Peak. Et comme tout ce qui touchait le Derbyshire touchait le maître de Pemberley, Richard Fitzwilliam eut droit à une petite leçon d'archéologie… Ce fut le prix à payer pour avoir taquiné son cousin.

– Je comprends alors pourquoi la comtesse de Matlock ne t'a pas croisé à Almack ce mercredi, fit en souriant le colonel.

– Trêve de plaisanteries! Tu dînes avec nous? Georgiana sera heureuse de te savoir à Londres.

– Avec plaisir. Comment va-t-elle? Je la trouvais encore fragile lors de mon dernier passage alors que tu étais en Hertfordshire.

– Encore meurtrie… oui, encore, dit Darcy lentement, mais sur la voie de la guérison, je pense.

– Qui sait comment cela se passe dans le coeur d'une jeune fille de cet âge? Sûrement pas toi, ni moi d'ailleurs…

Tous deux restèrent songeurs quelques instants, sirotant leur brandy.

– Parfois, elle retombe dans une vague de mélancolie et s'enferme plusieurs heures dans le salon de musique. J'entends le pianoforte comme s'il était une bouée à laquelle elle s'accroche.

– Elle se sent coupable, elle s'en veut de t'avoir créé tant de soucis. Je sais que tu lui as cent fois répété que ce n'est pas le cas, et j'ai fait de même, crois-moi.

– Tu as raison. Mais le printemps s'en vient et je la sens plus détendue, plus intéressée par la vie qui l'entoure. Tiens, pour la première fois, elle m'a demandé de lui raconter mon séjour en Hertfordshire, et dans les moindres détails; les informations de mes lettres ayant piqué sa curiosité. Je me suis donc efforcé de lui faire le portrait le plus coloré des gens et des lieux de ce coin de pays. Elle a trouvé cela fort amusant, surtout ma description de la famille Bennet avec ses cinq filles et de…

– La famille Bennet? Cinq filles? Moi aussi je veux savoir! s'exclama Richard Fitzwilliam, étonné de voir son cousin soudain aussi animé.

– Ce n'est rien, juste des petites histoires pour amuser les jeunes filles, répondit un peu rapidement Darcy qui, s'approchant de son bureau, replaça quelques documents épars afin de dissimuler son trouble.

Zut! Dans son empressement à donner des nouvelles un peu plus positives de sa sœur, il avait failli se trahir. Il n'allait tout de même pas tendre la perche à son futé de cousin car c'en serait fait de lui. La lettre qu'il avait à la main lui donna un prétexte pour éloigner le Hertfordshire de la conversation.

– C'est arrivé ce matin, du Kent.

– Ah, c'est Lady Catherine… Comment va notre chère tante?

– Toujours égale à elle-même. Elle me rappelle, comme si je pouvais l'oublier, notre prochaine visite à Pâques. Elle souligne aussi que la santé d'Anne s'améliore légèrement, ce dont je me réjouis. Et je m'en réjouis sincèrement, tu peux me croire, Richard, souligna Darcy devant l'air dubitatif du colonel.

– D'accord, mais tu ne l'épouseras pas pour autant et cela, notre tante ne le comprendra jamais; ses allusions sont peine perdue.

– Ces promesses de mariage dès le berceau sont des fabulations; Anne et moi l'avons compris depuis longtemps, mais Lady Catherine s'entête... Tiens, il me restait un paragraphe à lire lorsque tu es arrivé, je te le lis :

Vous serez heureux d'apprendre, mon neveu, que notre nouveau pasteur, Mr Collins, vient de se marier, et ce suivant mon bienveillant conseil. Cela vous concerne indirectement, sachez qu'il a rencontré celle qui est devenue son épouse lors d'un séjour en Hertfordshire alors que vous y résidiez chez l'un de vos amis. Vous le connaissez donc déjà; de plus, il semble que vous connaissiez également Mrs Collins dont la famille demeure tout près de Meryton…

À la lecture de ces mots, la voix de Darcy faiblit; son cousin leva la tête et le fixa d'un air interrogateur.

– Fitz, cela semble te toucher que le révérend Collins ait trouvé le bonheur dans le mariage.

– Non, je… je suis simplement étonné car, lorsque nous avons quitté Netherfield Park, rien de tout cela n'avait été décidé. D'après moi, William Collins a pris tout le monde par surprise…

– Peut-être a-t-il épousé une des cinq demoiselles Bennet dont tu parlais il y a quelques instants, cela serait amusant, non?

– Amusant, je ne le pense pas. Tu n'as pas encore eu la chance de le rencontrer! Utile, par contre, je le crois. On m'a dit que le domaine de Mr Bennet faisait l'objet d'un *entail* dont il serait l'heureux bénéficiaire.

Mesurant les conséquences de ce qu'il avançait, Darcy eut toutes les difficultés du monde à cacher son désarroi en pensant que Mrs Collins pouvait bien se révéler être Elizabeth. Mrs Bennet ne travaillait-elle pas très fort à bien placer ses filles? Et cela s'avérait un excellent « placement », cette pensée lui amena un frisson de dégoût au souvenir de l'obséquieux pasteur qu'il avait dû supporter au bal des Bingley… et cela n'était rien comparé à ce que devait supporter celle qui était son épouse! Puis, se rappelant que son cousin était en face de lui, il reprit et sa contenance et sa lecture.

... le père de Mrs Collins, Sir William Lucas, arrivera bientôt mais ne restera qu'une semaine. Cependant Miss Lucas, qui l'accompagnera, ainsi qu'une amie de Mrs Collins effectueront un plus long séjour. Je verrai ces visiteurs dans quelque temps car j'ai le plaisir d'avoir présentement la visite de Lady Dalrymple et de sa fille, Miss Rose Carteret, venues se reposer...

Darcy tenta tant bien que mal de cacher son soulagement; Elizabeth n'était pas Mrs Collins. Il se sourit à lui-même; comment avait-il pu penser un seul instant qu'une jeune femme aussi vive et franche qu'elle aurait accepté une telle offre? Même sous la pression maternelle, il ne l'imaginait pas fléchir dans son refus. Puis, d'un seul coup, il redevint confus. Pourquoi était-il aussi soulagé? Miss Bennet pouvait bien faire ce qu'elle voulait, marier qui bon lui semblait; il avait délibérément choisi de l'exclure de sa vie. Eh bien, il avait échoué; elle représentait encore quelque chose d'important pour lui. Il fut tiré de ses réflexions par la voix de son cousin.

– Fitz, c'est bien la première fois que je te vois aussi touché par des nouvelles du Kent. Attends que je mentionne cela à Lady Catherine, elle ne sera peut-être pas très enchantée.

– Pas enchantée… de quoi parles-tu?

– Quand elle saura qu'à la lecture du nom de Miss Rose Carteret, tu es devenu presque rêveur!

– Miss Carteret? Oui, c'est cela, Richard, c'est à la fille de la Vicomtesse que je pensais! s'exclama Darcy, laissant voir un petit sourire en coin, puis il invita son cousin à le suivre. Viens, Georgiana doit être revenue de sa visite chez Miss P***.

*****

Ce n'est qu'au moment où Rose Carteret et Anne de Bourgh sortirent du salon pour se rendre dans le petit boudoir de cette dernière que la Vicomtesse Dalrymple consentit enfin à parler de la terrible nouvelle qu'elle tenait tant à partager. Et cela tombait bien, Lady de Bourgh avait toutes les peines du monde à cacher l'intérêt que cela suscitait chez elle. Après tout, Miss Carteret n'avait-elle pas presque succombé au charme de ce John Willoughby au printemps passé? Anne n'aurait jamais montré une telle faiblesse, elle en était convaincue. Si Miss Carteret semblait hors de danger, alors qu'était-il donc arrivé qui put mettre son amie dans cet état?

– Ma chère, figurez-vous que, juste avant de quitter Bath, j'ai reçu une lettre d'une de mes petites cousines, Ruth, avec qui j'ai passé tous les étés de mon enfance;

c'est vous dire comment nous étions proches. Elle m'avouait, dans un grand désarroi, qu'on avait trompé sa confiance et qu'elle avait dû changer la teneur de son testament!

– Son testament! Vous êtes vraiment sérieuse, Lady Dalrymple? Ciel! Que peut-il bien s'être passé pour que votre cousine en arrive à cette extrémité?

– En fait, dit en baissant le ton la Vicomtesse, feu son mari avait décidé de léguer son domaine d'Allenham Court, dans le Devonshire, à l'aîné de ses neveux. La solution avait d'emblée été acceptée par ma cousine, le couple n'ayant pas eu d'enfants. Or, ne voilà-t-il pas qu'elle apprend, que ce neveu a, comment dirais-je, abusé d'une pauvre jeune fille de quinze ans… l'abandonnant à son sort. Cette dernière aurait accouché d'un petit garçon il y a quelques semaines. N'est-ce pas scandaleux?!

– Absolument, répondit son hôtesse qui se délectait de l'histoire, tout en étant bien soulagée que les chastes oreilles de sa propre fille soient occupées en d'autres lieux. Je plains sincèrement votre pauvre parente, mais est-ce vrai? Ce ne sont peut-être que de mauvaises langues, vous savez qu'une réputation…

– Hélas, il semble bien que ce John Willoughby soit vraiment un charmeur sans scrupules! On dit que cette jeune fille ne serait pas la première…

Devant le regard horrifié de Lady Catherine, la Vicomtesse crut bon de préciser qu'elle n'en avait soufflé mot à Rose et que, d'ailleurs, cette dernière n'ayant croisé ce malotru qu'une ou deux fois, autant dire qu'elle ne le connaissait pas, qu'elle ne savait pour ainsi dire pas qui il était. Il va sans dire.

– Face à un tel comportement, reprit Lady Dalrymple, je comprends tout à fait la décision de Ruth de déshériter ce Willoughby. Elle termine sa lettre en me précisant

qu'elle l'a sommé de quitter Allenham Court pour n'y jamais revenir.
– Votre cousine a fort bien agi, j'en aurais fait tout autant!
– Voilà, plus d'un mois s'est écoulé et il n'y est point retourné au grand soulagement de Ruth.
– Vous reprendrez bien un peu de thé, offrit la maîtresse de la maison d'un ton compatissant. Toute cette histoire vous a bouleversée, je le vois bien.
– Mon Dieu! reprit la Vicomtesse, notre vigilance, Lady Catherine, est le seul rempart que nous ayons, nous, pauvres veuves sans défense, qui devons veiller sur nos chères filles!
Lady de Bourgh jeta un œil surpris à son invitée : certes, elle devait veiller sur sa fille, mais elle cherchait vainement la pauvre veuve sans défense.

L'air du petit boudoir de Miss de Bourgh étant un peu confiné, aussi Miss Carteret ouvrit-elle l'une des fenêtres avant d'aller chercher un grand châle à son amie.
– Anne, je suis persuadée que l'air frais est souverain pour la santé. Vous ne me croyez pas?
– Si, mais il me faudrait en convaincre ma mère et cela, ce n'est pas gagné. Elle a ses propres théories sur ma santé et la façon dont je dois être soignée.
– Quel plaisir nous aurions si vous veniez à Bath! s'exclama Rose Carteret. Ce serait pour votre bien. J'essayerai d'aborder le sujet avec ma mère, peut-être réussira-t-elle à convaincre la vôtre.
Anne de Bourgh soupira comiquement, à quoi bon expliquer la situation qui était la sienne; c'était peine perdue lorsqu'on avait comme mère Lady Catherine. Qu'à cela ne tienne! Elle n'allait pas gâcher cet agréable moment où on lui faisait une visite en s'attardant sur sa condition, non.

– Rose, vous parliez de Bath, racontez-moi ce que vous y avez vu. Je meurs d'envie de savoir ce qui se passe ailleurs qu'ici!

– Juste avant que nous quittions pour venir à Rosings, Miss Amelia Grantley, que je vois assez fréquemment aux différentes soirées mondaines, m'a confié une nouvelle toute fraîche. Je suis sûre que celle-ci vous amusera car vous connaissez le nom de l'un des protagonistes.

– Ne me faites pas languir, chère Rose!

– Vous rappelez-vous que je vous avais écrit, la Saison passée, dans une ou deux de mes lettres, m'être fait courtiser par un séduisant jeune homme du nom de John Willoughby?

– Bien sûr! Cela avait semblé vous amuser, quelque temps du moins.

– Vous avez raison, Mr Willoughby est un charmeur… et un chasseur redoutable! Il aime par-dessus tout chasser plusieurs lièvres à la fois. Je n'avais pas été dupe bien longtemps, même si Mère y avait vu un bon parti.

– Un bon parti?

– Oui, après tout, il a hérité d'une grande demeure, Combe Magna, dans le Somerset. Plusieurs demoiselles étaient donc sensibles aux attraits de Mr Willoughby et celui-ci ne se faisait pas prier pour paraître dans tous les beaux salons de la Capitale.

– Mais, Rose, cela se passait à Londres il y a plusieurs mois. Que vient faire Bath dans tout cela?

– J'y viens, Anne. La semaine passée, Miss Grantley a reçu une lettre de l'une de ses bonnes amies, une certaine Miss Grey. Celle-ci lui apprenait qu'elle se mariait… avec John Willoughby! Ce coureur de jupons a mis la main sur une belle fortune car Miss Grey vaut environ 50 000 livres!

– Comment a-t-elle pu se faire prendre ainsi? C'est incroyable! s'écria Anne de Bourgh, plongée avec ravissement dans le récit de son amie.

– Il semble que Miss Grey ait décidé de mettre le grappin sur ce beau célibataire bien en vue même si des rumeurs avaient commencé à circuler à propos de dettes d'honneur, vous devinez… le jeu, les jeunes filles naïves… Et Mère qui ne se doute de rien!

– Alors elle sera déçue d'apprendre que Mr Willoughby n'est plus sur le « marché »! Et il semble que plusieurs demoiselles en auront le cœur brisé, non?

– Pas moi, soyez-en assurée, affirma Miss Carteret, un petit sourire au coin des lèvres. Il me restera à convaincre ma mère qu'un énième célibataire se présentera d'ici peu et qu'il sera, à n'en point douter, le bon! Après tout, une jeune femme accomplie ne doit-elle pas faire preuve de patience?

– Rose, vous pourriez apprendre l'allemand ou la harpe, vous en seriez encore plus accomplie et votre patience s'exercerait d'autant! suggéra Miss de Bourgh qui, lorsque sa mère avait la bonne idée de s'absenter, montrait un sens de l'humour fort plaisant.

Chapitre IV

Où il convient de remercier
fort obligeamment le service des postes
pour le rôle important qu'il tient ici

Londres, le 10 mars 1811

Darcy,

Je suis passé pendant votre absence pour vous avertir que je serai à l'extérieur de la ville jusqu'au début de la semaine prochaine. Je dois, à mon corps défendant, conduire Caroline chez ses amis, les Manwaring, à Langford où elle séjournera quelque temps. Elle a insisté pour que je l'accompagne car elle tient à me présenter je ne sais plus quelle jeune femme. Quand, croyez-vous, finira-t-elle par me laisser vivre ma vie? J'ai eu beau lui dire, sur tous les tons, que ces rencontres ne m'intéressent pas, vous la connaissez... Je vous avoue pourtant que, comme Londres ne m'inspire guère ces temps-ci, j'ai finalement capitulé. Me voici donc, au moment où vous lirez ces lignes, en route pour je ne sais où, à la rencontre de je ne sais qui. Bref, ne vous surprenez donc pas de mon absence en ville et à l'entraînement.

Amicalement, Bingley

P.S. Avouez que ce message est le plus long et le plus clair que vous ayez jamais reçu de ma part!

C'est ce mot que trouva Fitzwilliam Darcy lorsqu'il revint de Fleet Street où il était allé bouquiner chez John Murray. Il reconnaissait bien là les machinations de Caroline Bingley, cependant il resta préoccupé par le manque d'intérêt de son ami pour la gent féminine depuis qu'il avait quitté le Hertfordshire. Bien sûr, ce dernier, dès son retour à Londres, avait repris certaines activités. Il lui avait même présenté William Wilberforce qui fréquentait, quoique de plus en plus rarement, Boodle's lui aussi. C'est ainsi que Fitzwilliam Darcy avait pu discuter avec le député du Yorkshire du travail acharné qu'avait nécessité l'interdiction de la traite des noirs et cela avait renforcé sa volonté d'appuyer cette loi en refusant tout lien avec l'esclavage, quels qu'en aient été les avantages… et des avantages, il y en avait beaucoup. Des échanges s'en étaient suivis aussi intéressants qu'enrichissants, mais Bingley avait semblé perdre intérêt, comme si une flamme s'était éteinte. Il en avait été de même au dîner chez Sir H***, une dizaine de jours auparavant. Aussitôt que les dames s'étaient retirées, les invités avaient entamé une vive discussion à propos de la manifestation syndicale qui avait été durement réprimée à Nottingham. La révolte des travailleurs avait fait couler beaucoup d'encre, on craignait que le mouvement se poursuive, toutefois certains reconnaissaient les conditions difficiles maintenues dans les manufactures. Là aussi, Bingley s'était désintéressé de la question, s'enfermant dans un mutisme inquiétant pour qui le connaissait bien. Depuis, le jeune homme s'isolait souvent chez lui, ne se rendant que chez Jackson, sur Stafford Street, pour s'entraîner. Songeant à tout cela, Darcy se dirigea vers la bibliothèque pour y déposer ses achats. Se serait-il trompé à propos des sentiments de Miss Bennet? Le souvenir de la visite de cette dernière à Miss Bingley et à sa sœur lui revint en mémoire. Il secoua la tête comme pour se changer les idées, mais le doute s'était installé depuis un certain temps. Ce doute le poursuivait régulièrement, tout comme le regard d'une certaine demoiselle d'ailleurs et, à ce doute comme à ce regard, il semblait incapable d'échapper.

Si Charles Bingley semblait peu sensible aux offensives des amies de sa sœur, d'autres paraissaient y succomber et rapidement de surcroît. C'est ce qu'apprit Darcy en survolant distraitement le *London Magazine* ce matin-là. Ainsi Willoughby, John Willoughby, qui avait déployé tous ses talents pour séduire Miss Crawford au bal de Netherfield Park, se mariait... mais pas avec Miss Crawford! Il avait préféré la confortable dot d'une certaine Miss Grey. Darcy eut une pensée pour les jeunes femmes que ce séducteur avait dû charmer et qui, maintenant, étaient laissées pour compte, trahies, brisées. Cela lui rappela quelqu'un d'autre et il eut un sourire amer : Willoughby, Wickham… coureurs de jupons et de fortunes, que les scrupules n'étouffaient pas. Brusquement, Darcy se leva et se dirigea vers le petit salon de musique où Georgiana jouait cette *Sonate à la tonnelle* qu'il aimait particulièrement; il s'approcha doucement d'elle. Son baiser, déposé sur les boucles sagement tressées de sa sœur, fit légèrement sursauter cette dernière. Surprise, la jeune fille rougit légèrement et lui fit son plus beau sourire. Ce fut suffisant, Darcy oublia ses sombres pensées; il pouvait bien pleuvoir sur Londres, personne ne pourrait lui voler ce petit moment de soleil.

*****

La visite d'Elinor Dashwood avait réellement fait plaisir à Jane et Mrs Gardiner s'en réjouissait. Elle s'en était allée à la *nursery* s'occuper de ses deux petits derniers, heureuse de laisser les deux amies discuter au salon. Sensible à la mélancolie que sa nièce tentait de rendre la plus discrète possible, Madeline Gardiner avait réalisé que l'attachement de celle-ci à ce jeune locataire de Netherfield Park était plus que passager, plus que ce que cette dernière voulait bien admettre, et cela la désolait. La lettre d'Elizabeth, arrivée la veille de Longbourn, avait mis, pendant quelques heures, un sourire aux lèvres de la jeune femme. Et maintenant, la visite de Miss Dashwood allait la distraire, du moins l'espérait-elle. Ce en quoi elle avait tort mais la douce Jane, pour rien au monde, n'aurait voulu décevoir les attentes de sa tante. C'est pourquoi la jeune femme pensa garder pour elle les tristes nouvelles qu'on venait de lui confier. Puis elle décida, alors qu'elle répondait à la lettre de sa cadette, de s'en ouvrir à cette dernière. Celle-ci la comprendrait à mi-mots, elle le savait fort bien.

... j'ai passé beaucoup de temps avec les deux aînées, elles ont fait de grands progrès en lecture, tu devrais les voir lorsqu'elles font leurs exercices d'écriture, elles sont adorables!

Mais j'espère que tu ne t'inquiètes plus pour moi, Lizzy, je suis remise et, bientôt, tout cela ne sera qu'un souvenir... un agréable souvenir, crois-moi, je n'ai aucune rancœur. Tu sais, il y a des gens bien plus affectés que je ne l'ai été. Je t'avais écrit, à quelques reprises, à propos de mes nouvelles amies Elinor et Marianne Dashwood. Eh bien, hier, Elinor est venue prendre le thé, elle était fort attristée; sa sœur, depuis la soirée du grand bal, semble inconsolable. Bien qu'Elinor ne m'en ait pas mentionné beaucoup plus, j'ai compris que la pauvre Marianne a le coeur brisé. Cette dernière, ne supportant plus l'atmosphère de Londres, a émis le souhait de retourner dans le Devonshire. Oh!

Lizzy, n'y a-t-il que des chagrins et des regrets lorsqu'il est question de sentiments? La vie me semble parfois si cruelle!

Même s'il était question ici de Marianne Dashwood, Elizabeth ne pouvait s'empêcher d'y voir un cri du cœur de sa sœur. Jane souffrait en silence et gardait sa compassion pour les autres; Charles Bingley avait raison lorsqu'il disait qu'elle était un ange. Mais voilà, c'était un ange blessé et Elizabeth se sentait bien impuissante à la lecture de cette lettre. D'autant plus que sa sœur concluait sur une note peu optimiste.

Chère Lizzy, je crois deviner que mon amie, elle-même, cache une déception amoureuse… Pauvre Elinor! Espérons qu'elle s'en remettra bientôt, que tout cela ne sera qu'un souvenir et qu'elle n'en gardera pas d'amertume. Mon Dieu! Lizzy, je termine ma lettre comme je l'ai commencée… N'y vois aucun lien car je suis certaine que ce qu'elles vivent est bien plus pénible que ma situation. Tu me crois, n'est-ce pas?…

Soudain, l'attention de la destinataire fut détournée par l'arrivée bruyante de Kitty et de Lydia dans le petit salon où elle était assise, à l'écart du va-et-vient incessant de la maisonnée. Peine perdue.

– Lizzy, Lizzy! Ah, tu es là! Aide-nous à convaincre notre père de nous laisser aller à Meryton, s'écria la benjamine, en s'affalant plus qu'elle ne s'assit près de son aînée.

– Et pourquoi cela? s'enquit Elizabeth, en repliant prestement la lettre de Jane.

– Tante Philips a dit à Maman qu'un arrivage de dentelle et de mousseline attendait toutes les dames et les jeunes filles de la région en mal de couleurs printanières. Tu vois, c'est très important, insista Kitty.

– Non, je n'intercèderai pas auprès de Père pour une raison aussi futile alors…

– Lizzy, la coupa Lydia, tu ne comprends pas… Il s'agit de prendre le pas sur cette Miss King, elle nous a peut-être ravi George Wickham, mais nous voulons prendre notre revanche!

– Oh! Lydia, quand cesseras-tu de ne vivre qu'en fonction des officiers? Et toi, Kitty, ne peux-tu t'occuper autrement, tu es son aînée de deux ans! s'écria Elizabeth, découragée par le manque de maturité de ses jeunes soeurs. Prenez-vous un livre et, pour une fois, agissez de façon plus responsable.

La mine renfrognée de Lydia fit comprendre à Elizabeth que son intervention était fort mal accueillie. Kitty allait répliquer lorsqu'un petit éclair passa dans ses yeux, elle se pencha alors vers sa complice et lui chuchota quelque chose à l'oreille. C'était leur aînée qui, en les sermonnant, lui avait donné l'idée de retourner voir leur père dans son antre et de demander la permission de se rendre… à la librairie! Après tout, Elizabeth avait raison; il leur fallait commencer à être plus sérieuses, à ouvrir leur esprit grâce à la lecture et Mr Bennet était toujours conciliant quand il s'agissait de livres. Le fait qu'il n'aurait pas à l'esprit, au moment de la demande, que la librairie était à deux pas de la mercerie rendait la requête presque impossible à refuser. Toutes deux se levèrent rapidement, un petit sourire de connivence aux lèvres puis, juste avant de quitter la pièce, la benjamine se rappela que Mrs Hill lui avait donné une lettre pour Elizabeth. Elle la déposa sur les genoux de sa sœur en riant et sortit comme un tourbillon, Kitty à ses basques.

Elizabeth soupira en constatant que cela ne s'arrangeait guère pour les deux plus jeunes de la maison et personne ne semblait vouloir y remédier, sauf Jane et elle-même, de temps en temps, pour éviter les débordements les plus excessifs. Elle baissa la tête et sourit en voyant l'écriture régulière et un peu inclinée d'Anne Elliot. Elle brisa le sceau et commença sa lecture. Au bout de quelques instants, elle s'interrompit et soupira pour la seconde fois… Il était dit que cette journée ne lui apporterait que des inquiétudes. Elle relut le passage d'un air pensif.

... ma chère Elizabeth, je dois vous avouer que j'ai croisé à quelques reprises la jeune amie de vos sœurs, Miss Catherine Morland. Je l'avais rencontrée à Longbourn et l'avais trouvée tout à fait charmante. Vous savez comme j'apprécie peu Bath, entre autres, parce qu'on s'y promène pour voir et y être vu. C'est le cas d'une certaine Miss Isabella Thorpe (dont le nom devrait vous rappeler quelque chose), celle-ci semble avoir un quelconque ascendant sur la jeune Miss Morland qui bien innocemment entre dans son jeu... et c'est sans parler du frère, Mr John Thorpe, à qui je n'accorderais pas ma confiance. Peut-être est-il en votre pouvoir d'avertir votre parente à propos de ces fréquentations avant que cette jeune fille ne soit compromise dans une situation malheureuse?

Ciel! Pauvre Catherine… et cette Isabella Thorpe qu'avait tant admirée Lydia lors de la soirée de Meryton! Elizabeth se revit à cette même soirée, assise près d'une Miss Thorpe très occupée à se mettre de l'avant et dont les paroles effrontées à son endroit lui avaient révélé clairement à qui elle avait affaire. Non, il ne fallait en souffler mot ni à ses jeunes sœurs ni à sa tante Philips, leur vertu dominante n'étant surtout pas la discrétion. Peut-être qu'elle pourrait elle-même envoyer un mot au presbytère de Fullerton, la sœur de Mr Philips, bien que très occupée avec sa nombreuse progéniture, lui avait semblé une femme de bon sens les quelques fois où elles s'étaient rencontrées.

... Comme je vous l'avais déjà souligné, Elizabeth, je me demande ce que peuvent bien trouver mon père et ma sœur de si intéressant à Bath. Tout comme vous, j'aspire à mon charmant coin de pays! Mon cher Kellynch Hall me manque terriblement. Mais ne pensez pas que je me plains, ce serait bien ingrat de ma part; d'autant plus que j'ai appris récemment que la convalescence de Louisa Musgrove se déroule bien et qu'elle retournera chez elle d'ici peu. J'en suis bien heureuse car, après une telle chute, cela aurait pu être terrible...

Puis un dernier fait avait été ajouté en *post-scriptum* qui laissa Elizabeth perplexe, ne sachant s'il fallait s'inquiéter ou se réjouir pour son amie.

...En fait, je dois vous avouer que mon séjour à Bath me semble un peu moins pénible depuis quelques jours car l'amiral Croft et son épouse, que j'ai appris à apprécier ces derniers mois, viennent d'arriver pour quelques semaines. Par contre, je suis troublée par une rencontre fortuite; j'ai croisé le capitaine Wentworth chez Molland hier.

Sa correspondance l'ayant laissée préoccupée, elle décida que seule une bonne marche lui remettrait les idées en place. Elle prit donc son manteau et son chapeau puis disparut juste avant que Mrs Bennet réclame sa présence afin de ne pas demeurer seule avec elle-même, ses nerfs et sa tasse de thé.

*****

Mrs Annesley déposa la théière sur le plateau et regarda avec attendrissement Georgiana Darcy penchée sur sa feuille, la plume dans l'encrier. Sa suggestion avait été accueillie avec enthousiasme par la jeune fille, elle s'en réjouissait. Si Eleanor Tilney avait été comme une grande sœur au pensionnat, il était certain que l'inviter au courant de l'été à Pemberley ne pouvait que faire du bien à l'âme quelque peu meurtrie de sa jeune compagne. Cette dernière lui avait confié que Miss Tilney, ayant perdu sa mère elle aussi, l'avait prise sous son aile, elle, la petite pensionnaire nouvellement inscrite à M***. Cela avait grandement adouci sa vie loin de Pemberley et de son aîné à qui avaient incombé toutes les responsabilités de la gestion du domaine et de la fortune familiale au décès de Mr Darcy. Bien que Miss Tilney eut cinq ans de plus que Georgiana, sa grande sensibilité l'avait rapprochée de cette toute jeune fille timide et elle avait su ramener une certaine joie de vivre dans la vie trop solitaire de la petite orpheline. Bien sûr, Miss Tilney avait quitté le pensionnat quelques années avant sa petite protégée, toutefois elles s'écrivaient régulièrement… jusqu'à l'été dernier, jusqu'au séjour à Ramsgate. Depuis, Georgiana s'était refermée sur elle-même. Mais maintenant, après plusieurs mois, la présence apaisante de Mrs Annesley lui avait redonné confiance.

... chère Eleanor, je vous dois des excuses pour ne pas avoir répondu à vos dernières lettres, vous m'en voyez bien contrite. Un événement pénible au cours de l'été passé m'a ébranlée, mais je me remets de tout cela. Je ne voudrais surtout pas vous inquiéter, vous qui avez été si bonne avec moi durant ces années. Vous m'écrivez que votre frère Henry et vous visiterez une des sœurs de votre père à Leicester, vous ne serez donc pas très loin de Pemberley, vous ne pouvez passer si près sans venir

me voir. Pardonnez-moi, je ne veux pas m'imposer dans votre voyage, mais il serait si bon de se revoir! La dernière fois, c'était au mois d'avril, l'an passé, lorsque nous nous étions vues à Londres où nous avions dégusté des glaces chez Gunter's. Permettez-moi, après tout ce temps, de vous inviter, votre frère et vous, dans notre résidence du Derbyshire. Vous qui aimez tant la nature, je vous montrerai les beautés de la région. De plus, rappelez-vous comme Henry avait semblé bien s'entendre avec Fitzwilliam. Mais quelle jeune fille peu accomplie je fais en vous pressant de la sorte! Pourtant je ne puis m'en empêcher…

Voilà, chère amie, Fitzwilliam et moi vous invitons à séjourner à Pemberley où, je vous assure, vous serez reçus avec grand plaisir.

Mes salutations sincères à votre famille.
Soyez assurée, chère Eleanor, de mes sentiments les meilleurs,

Georgiana Darcy

*****

Et si nous avions pu suivre les différents chemins que prennent les sentiments des jeunes femmes, nous nous serions peut-être retrouvés dans le salon du presbytère d'Hunsford avec Mr et Mrs Collins à l'heure du thé.

– Ma chère, je crois que Lady Catherine pourrait vous être d'une aide précieuse. Vous connaissez sa grande mansuétude; elle condescendrait sûrement à vous conseiller en ce qui concerne votre petite cousine, Miss Price.

– Peut-être avez-vous raison, je vais y réfléchir, fit du bout des lèvres une Charlotte Collins qui regrettait déjà de s'être épanchée en présence de son époux.

Il allait sans dire qu'elle ne soufflerait mot de la situation de Fanny Price à Lady de Bourgh… C'était courir le risque, de toute évidence, de s'attirer les foudres de leur bienfaitrice et cela, Charlotte ne le voulait en aucun cas. Elle avait réussi à établir un équilibre qui lui permettait de demeurer en bons termes avec la maîtresse de Rosings Park tout en étant respectueuse de l'attention, que dire, de la dévotion que Mr Collins ressentait envers sa protectrice. Aussi lui vint-il une idée qu'elle s'empressa de confier à son mari afin que ses confidences ne franchissent pas le seuil de leur demeure.

– Mr Collins, vous souvient-il de ce qui est arrivé à l'aînée du jardinier en chef, Mr Hutton?

– Non pas vraiment, où voulez-vous en venir, ma chère?

– Eh bien, voilà, elle avait refusé une demande en mariage qui semblait tout à fait sérieuse et le père s'était plaint de l'ingratitude de sa fille à Lady Catherine, s'attirant le courroux de celle-ci. Si bien qu'on ne doit plus prononcer le nom de cette jeune fille en présence des gens de Rosings Park.

– Bien sûr, je me rappelle maintenant. Sa Grâce avait été grandement affectée par ce geste qu'elle qualifiait d'égoïste, et cela l'était! Qui mieux que Lady Catherine peut juger d'une affaire matrimoniale avec autant d'acuité?

– Alors, reprit son épouse, considérant les sages paroles que vous venez de prononcer, je ne risquerais pas d'encourir la colère de Sa Grâce en lui parlant de la situation de Fanny. Après tout, celle-ci est retournée dans sa famille et Sir Bertram passera sûrement à autre chose bientôt, n'est-ce pas votre avis?

– Tout compte fait… c'est exactement ce que je pense, ma chère Charlotte. Ne vous l'ai-je jamais dit : il me paraît de plus en plus évident que nous avons été créés l'un pour l'autre!
Et sur ces paroles qu'il jugeait empreintes de vérité, Mr Collins se dirigea vers son bureau; il avait un sermon à écrire et il devait surtout s'assurer d'être présent au cas où un attelage provenant de Rosings viendrait à passer. Charlotte finit son thé tranquillement, soulagée de s'en être sortie avec autant de doigté, et un peu découragée d'avoir appris que quelqu'un là-haut avait pensé à elle pour combler la félicité de William Collins ici-bas.

Hunsford, le 16 mars 1811

Chère Fanny,

Votre lettre m'a beaucoup touchée, j'espère que votre retour chez vos parents se fait sans trop de heurts. Rassurez-vous, il ne m'appartient pas de juger votre décision. Je devine votre confusion puisque c'est vous qui vivez cette étrange situation. Et, vous avez raison, d'un côté, votre famille ne peut comprendre votre choix; ayant vécu aussi longtemps à Mansfield Park, vous avez l'impression d'être entre deux mondes, et peut-être l'êtes vous. D'un autre côté, il y a de fortes chances que Sir Thomas n'ait voulu que votre bonheur, qu'il se soit senti responsable de bien vous marier. Ne pensez-vous pas qu'il en est allé ainsi? Je vous connais sage et réfléchie; votre décision, bien que surprenante, n'a pas dû être prise à la légère, vous deviez avoir vos raisons et je suis convaincue qu'elles devaient être raisonnables.

Je vous remercie de m'avoir expliqué la situation et sachez que cela ne modifie nullement le plaisir que j'aurai à vous recevoir si cela devenait difficile chez vos parents. Un petit séjour ici, à Hunsford, vous permettrait de vous reposer et de réfléchir calmement. Après tout, peut-être que votre décision n'est pas finale, que ce jeune homme peut encore mériter votre affection. Mais, chère Fanny, je m'arrête, vous connaissant, ce ne sont pas de conseils dont vous avez besoin et les miens ne seraient sans doute pas pertinents. Puisqu'il est question de pertinence, je tiens à vous rassurer, il ne sera pas discuté de cela devant Lady Catherine et Mr Collins. Les principes auxquels tient obstinément Sa Grâce, et par le fait même mon époux, ne laissent pas de place à la compréhension de ce genre de situation. Heureusement, la vie ici est faite de tranquillité et la beauté de la région pourrait vous plaire…

*****

Highbury, le 17 mars 1811

Chère Jane,

La vie ici est faite de tranquillité et la beauté de la région pourrait vous plaire. Je ne connais pas le Hertfordshire, peut-être ressemble-t-il au Surrey. J'ai retrouvé avec plaisir ma tante, Miss Bates, dans le village de Highbury où elle demeure avec ma grand-mère. Toutes deux sont très attentionnées, mais je crains parfois d'être un poids pour elles. Heureusement, elles sont bien entourées, par exemple, Mr Georges Knightley, le frère de Mr John Knightley, vient régulièrement nous rendre visite et nous apporte des pommes, des pâtés; il y a aussi Miss Woodhouse qui passe nous voir, c'est la jeune sœur de Mrs Isabella Knightley chez qui nous avions pris le thé ensemble. Comme vous pouvez le constater, je ne m'ennuie pas. Mais vous voulez sans doute avoir des nouvelles des Weston de Randalls; je les ai croisés récemment et leur ai parlé de leur séjour dans votre région. Mrs Weston se souvenait parfaitement de vous et d'un certain Mr Bingley qui vous tenait compagnie lors d'une soirée à Lucas Lodge. N'est-ce pas le jeune homme qui vous a fait rencontrer Mr Frank Churchill, si ma mémoire est bonne? Justement, ce dernier devrait bientôt rendre visite à son père et à sa nouvelle épouse. Si je le rencontre, je lui donnerai avec plaisir de vos nouvelles...

Jane Bennet termina de parcourir la lettre de Jane Fairfax, le rouge encore aux joues à l'évocation de Charles Bingley. Non, ce qu'elle avait laissé entendre à Elizabeth n'était pas la vérité comme elle l'avait souhaité; elle n'était pas guérie, son cœur battait plus fort lorsqu'elle pensait à lui ou quand quelqu'un y faisait allusion. Hélas, il faudrait bien retourner à Longbourn et affronter à nouveau les commentaires des connaissances de Meryton, ceux de tante Philips, de Mrs Harrington, de Mrs Long et, la jeune femme en frémit juste à y penser, ceux de Mrs Bennet. Quoi de plus éplorée qu'une mère vivant une telle humiliation! Songez-y...

*****

– Kitty, cessez de tourner en rond, vous m'étourdissez. Vous savez pourtant que mes nerfs sont fragiles, surtout depuis que j'ai appris que notre Jane n'a pas rencontré Mr Bingley malgré le fait qu'elle soit à Londres depuis plusieurs semaines. Oh! Que vais-je répondre aux questions qu'on ne manquera pas de me poser au thé chez Mrs Long?

– Mère, ce n'est pas de votre faute si Mr Bingley et ses sœurs ont quitté brusquement Netherfield Park. Peut-être y aura-t-il bientôt de nouveaux locataires! s'exclama la jeune fille en ralentissant le pas. Bien sûr, ils ne sauraient être aussi intéressants que les officiers; mais imaginez une famille de cinq garçons en âge de se marier, comme ce serait drôle!

– Vous ne dites que des sottises, Kitty. Et puis, rendez-vous utile, prenez cette plume, je vais vous dicter un mot pour Mrs Long. Il n'est pas question que je me présente chez elle… d'abord, je suis souffrante; ensuite, je ne supporterai pas qu'on me souligne la perte d'un parti de quatre mille livres. Non! Ah! Lydia, mon enfant, où étiez-vous? demanda Mrs Bennet en voyant surgir sa benjamine.

– Je me suis arrêtée chez Maria Lucas, elle m'avait invitée à choisir quelques rubans parmi ceux que Charlotte lui a laissés. Que dites-vous de celui-ci? Ce bleu pâle ne sera-t-il pas du plus bel effet sur mon chapeau de paille?

– Ah! Je vois, Lydia, que tu as choisi la couleur que Miss King portait lorsque Wickham l'a remarquée, fit sa soeur en levant les yeux de la missive qu'elle était en train de rédiger.

– Certainement pas, Kitty! Tu te trompes du tout au tout. Figure-toi que j'avais pensé à cette couleur bien avant qu'une Mary King s'invite à Meryton, tu sauras…

– Allons, allons, que cela cesse immédiatement! Tenez, pour vous punir d'épuiser mes pauvres nerfs, allez vous-mêmes porter ce message et revenez bien vite me dire qui s'est présenté au thé de ce mardi chez Mrs Long.

– Quelle importance, Maman, puisque vous ne désirez pas y aller?

– Lydia, ne voyez-vous pas que cela est primordial! Je dois absolument savoir ce qu'il s'y dira; je suis certaine qu'il sera question de Jane, de ma pauvre Jane! Allez, dépêchez-vous et envoyez-moi Hill, je dois me préparer et voir Mr Bennet au plus vite.

Les jeunes filles nc se le firent pas dire deux fois et disparurent dans un fou rire qui ne pouvait qu'affecter sérieusement le système nerveux de leur mère. Il semble pourtant que Mrs Bennet s'en remit relativement bien car, à peine un quart d'heure plus tard, elle descendait en donnant des ordres à tout un chacun, pour ensuite se diriger d'un bon pas vers la bibliothèque où, de toute évidence, elle allait troubler la quiétude de son époux.

Pendant qu'elles marchaient vers Meryton, Kitty sortit de sa poche la lettre qu'elle venait de recevoir.

– Lydia, j'avais très hâte que tu reviennes, j'ai des nouvelles de Catherine. Tu ne devineras jamais…

– Tu ne vas pas me dire que Catherine fréquente toujours Miss Thorpe, qu'elle va au bal quatre fois par semaine et les autres soirs au théâtre, qu'elle a rencontré des officiers gentils et charmants et que je l'envie terriblement! On s'ennuie à mourir ici! lança Lydia d'un seul trait.

Mais cette dernière avait tort de s'en faire, il semblerait qu'on puisse se fatiguer d'aller de bals en concerts et de fréquenter des amis opportunistes; c'est ce qui semblait être arrivé à la jeune Catherine Morland.

… je t'avoue, Kitty, qu'après l'attitude peu correcte d'Isabella envers James, après tout ils sont pour ainsi dire fiancés, et la façon cavalière dont son frère s'est comporté, j'ai été ravie de l'invitation des Tilney. D'autant plus qu'ils demeurent dans une véritable abbaye, comme dans les romans! J'accompagnerai donc Eleanor et son frère ainsi que leur père, le général Tilney. Mr et Mrs Allen n'ont pas vraiment élevé d'objections à propos de mon départ pour Northanger Abbey, même si je connais depuis peu cette famille, car cette dernière a fort bonne réputation à Bath. Bien entendu, je te donnerai des nouvelles bientôt…

On pourrait se plaire à imaginer que toutes ces lettres qui n'avaient aucun lien entre elles se croisèrent quelque part dans les méandres du système postal. Eh bien, ce fut le seul lien qui les unit, au grand dam de ceux qui auraient voulu que le destin s'en mêle. Finalement, seul le beau temps s'en mêla, faisant poindre à l'horizon le printemps.

Fin de la deuxième saison

Suite

Printemps 1811
Tome 3

Printed in France by Amazon
Brétigny-sur-Orge, FR

12964310R00046